星之聲

原作 新海誠
作者 大場惑

輕文學
Light Literature

星之聲　目次

我有很多懷念的東西
比方說 夏天的雲 冰冷的雨
秋風的氣味 春天泥土的柔軟
深夜便利商店給人的安心感受
放學後沁涼的空氣
板擦的氣味
深夜遠處傳來的卡車聲音
阿昇 我真的很想
一直跟你在一起
感受這些東西

在他人眼中很無聊的東西，對當事人來說卻有可能非常重要。

即使是用到很舊、似乎早該丟掉、甚至已經沒有在使用的東西，對當事人來說，也可能是充滿回憶、獨一無二、無可取代的寶物。

對我來說，這支老舊的手機就是這樣的珍寶。它已經是十幾年前的型號，大概找遍全日本都已沒有人在使用，無疑早已經超過使用年限。

這兩年左右，我不記得自己曾使用過它，也不確定它還能不能使用。現在我隨身攜帶它，只是當作護身符。因為我已經沒有使用的必要了。不過，這支手機曾經替我接收過對我來說很重要的人，從不可置信的遠方傳來的一封又一封郵件。其中充滿我和那個人苦澀而無可奈何的回憶。

我是寺尾昇，二十七歲，擔任通訊技師，在外太空工作。

二〇四六年七月

放學後

我完全沒有發覺到，那一天長峰和平常不一樣。

雖然聽起來好像在辯解，不過，至少當長峰放學後照例在樓梯間等我的時候，我並沒有感覺到她有特別不一樣的地方。

後來回想起來，或許她當時比平常稍稍亢奮一些。長峰美加子屬於溫和穩重的個性，個子偏矮，不是全班數一數二的美女，沒有特別醒目的地方。不過我和她一起在劍道社待了兩年多，近距離看她的練習態度，所以我比任何人明白，她和外表不同，內在相當堅強。

她的領悟力並不是特別好，不過因為比誰都更熱衷於練習，因此不知不覺中提升了劍術技巧。社團的其他女生受不了辛苦的練習及冬天體育館宛若冷凍庫般冰冷的地板，等不到二年級的春天就紛紛退社，但長峰從來不叫苦，仍繼續撐下去。

也因為這樣的努力，她在二年級的第二學期當上副社長。我則是被顧問指名，才不情不願地接下社長職位，如果可以的話，其實很想將這份工作推給其他社員。

和這樣的我相比，長峰應該受到更高的評價才對。

副社長只是虛名，實際上長峰等於是擔任男社員的經理，自始至終負責幕後工作。由於女社員只有她一個人留下來，即使加上新生，也湊不齊參加團體賽的人數，因此她從來沒有在正式比賽中展露身手。

對於抽到下下籤的長峰，我感到很過意不去。她其實可以發飆怒吼：「別開玩笑！你們自己去洗！」把大量帶有汗臭味的髒衣服去出來，向我提出退社申請，可是她卻毫無怨言地替劍道社做事。

也因此，我雖然沒有說出口，但內心其實很感謝長峰。

我真的很感謝她，之所以沒有說出來，是因為當面說這種話感覺很不好意思，而且當我們獨處的時候，這種正經話題感覺就無關緊要了。

我和長峰不會討論嚴肅的話題。她會單方面地聊些當天學校發生的事、昨天看的電視劇等等稀鬆平常的話題，我總是負責聽。不過，我並不覺得痛苦。不知道其他女生是怎麼樣，但長峰應該不算太愛說話，甚至可以算是沉默寡言的類型，要不然我也不會每次都呆呆地被埋伏守候的長峰逮到。

沒錯，那天的長峰或許比平常更為饒舌。

另一方面，她卻像是要轉移我的注意力般，顯得有些浮躁，不斷迅速轉變話題。

午後的陽光從敞開的窗戶毫不留情地照射到樓梯間的牆上。長峰稍稍靠在牆上，等著上完英文的課後輔導而疲憊不堪的我下樓。

她用愉快的聲音問我：「阿昇，你的期末考成績怎麼樣？」

「除了輔導科目以外都還好……妳呢？」

「都沒問題。」

「那應該可以上……」

「同樣的高中。」

長峰高興地說完，又有些沒自信地補充：

「啊，一定……」

我自行解釋為她是顧慮到我才這麼說，因此內心有些不高興，但還是決定不要在意。

長峰和成績起伏劇烈的我不同，表現總是很穩定。雖然不是引人注目的好成績，但幾乎不會有巨幅的跌落。她忙於社團活動，應該沒有太多時間念書，大概是在重要時刻能夠特別集中注意力吧。

只要繼續維持，長峰應該可以考上她目標的城北高中。要和她上同一所高中，我必須格外努力才行。老實說，我有點焦慮。

我和長峰一起走下樓梯，前往校舍後方的腳踏車停放區。

途中，我試著想像長峰穿上高中制服的模樣。以成績來說，城北高中是學區內排名第二左右的升學學校，不過以知名度來說則是第一，是一所歷史悠久、具有傳統的高中。我記得這所學校在兩、三年前迎接創校一百五十週年。

也因此，城北高中不論是校舍或校規都很陳舊，制服當然也不例外。雖然不知道是什麼時候規定的，但在二十一世紀都快過一半的年代，仍舊固守著男生穿立領制服、女生穿水手服制服。話說回來，在各方面都守舊的也不只有歷史悠久的城北高中。一切都要歸咎於那場「塔爾西斯震撼」的影響仍殘留至今……

不，塔爾西斯震撼的事就別管了。

在我有記憶以來，世上就已經形成這樣的體制。

地方與國家大部分的預算，都被分配給與塔爾西斯相關的項目，能夠挪到公共建設的只有微薄的維修費。不論是道路、橋梁、鐵路、公車路線，或是學校、醫院、警局、消防單位，全都保留過去的模樣。這五、六年來，街上的風景完全沒有變化，彷彿時光停滯。雖然處於所謂的國家總動員體制下，不過時間拖久了就變得理所當然，甚至不會感到特別不方便。

話題又扯遠了。

問題是長峰穿水手服的模樣。

她適合嗎？

我無法想像那個畫面。

一年後，十五歲的長峰有沒有長高？

還是跟現在一樣矮？

依規定，可以騎腳踏車上下學的只有住在遠處部分區域的學生，以及參加晨間練習的社員。

也因此，按照規定我應該已不能騎腳踏車了，但我還是不在乎地繼續騎。在這方面，長峰的個性就有些太認真，不懂得變通。她在移交副社長職位給下一屆的第二天，立刻改為走路上下學。所以和長峰一起回家的時候，我只得推著腳踏車走。即使我說要載她，她也不肯在學校附近坐我的車。

我配合長峰的步調，邊走邊扯些無關緊要的話題，甚至還繞遠路回家。對於一分一秒都很寶貴的考生來說，這是很浪費時間的行為，我卻滿享受這樣子的浪費。

我推著腳踏車來到操場。

操場上，足球社社員發出吆喝聲追逐著球。太陽已經西斜，但熱氣仍舊沒有削減。乾燥的地面升起熱霧，包裹著足球社社員。

場上的選手被熱氣的漩渦吞噬，看起來像融化的起司般拉長扭曲。明明是很敏捷的動作，卻好似看著慢動作畫面般，感覺很緩慢。

連我們都好像要變成起司了，所以我們避開熱氣，選擇操場邊緣的樹叢陰影處走向校門。長峰不斷對我說話，但就連長峰的聲音也好像被熱氣融化，在進入我的耳朵前就失去語言的形式。

長峰似乎絲毫不在乎這難以忍受的酷熱，非常流利地對我說話，而我只能勉強應付地回應。這時，突然出現和長峰的說話聲或足球社社員的吆喝聲都明顯不同音域的聲音，震動我的耳膜。

那是震撼全身的重低音。

聲音從天而降，搖撼著大地。追逐著球的足球社社員停下腳步，不約而同地仰望天空。

「哦！」

我跟著抬起頭仰望天空，發出有些愚蠢的聲音。

它浮現在清澄的藍天中，看起來像小小的孤立雲朵。

「太空船……」

長峰也發現了，瞇起眼睛仰望天空。

「星際宇宙戰艦『里希提亞號』……聯合國宇宙軍最先進的船艦……」

雪白光滑、曲線優美的外觀，看起來不像是鋼鐵製的人造物，反而讓人聯想到柔軟的海中生物。

實現亞光速航行的夢幻太空船，此刻正白豪地飛行在大氣圈內，緩慢而優雅。

兩、三個星期前，新聞播報里希提亞號來到日本，做為招募隊員的宣傳活動一環。不過，里希提亞號停在某處的航宙自衛隊基地，沒有出現在媒體上，此刻卻在毫無預期的狀態下出現在我面前，老實說讓我很驚訝。

選拔會應該是在基地內進行的吧？

親眼看到太空船，報考者的意願與士氣應該會更高。只是有一點不太明白的是，雖然說要開放招募一般人，但招募方式與選拔基準都不清楚。關於選拔成員，我唯一知道的情報就只有日本人名額數。在招募的千人當中，依照對塔爾西斯計畫出資金額的比例分配，據說會有兩百二十名日本成員。

「里希提亞號飛在天空，是不是代表選拔已經結束了？」

里希提亞號在班上男生之間也蔚為話題。

有幾個人甚至純粹被它的雄姿吸引，為了能夠搭上它而認真考慮要報名。不過，雖然說選拔基準不明，但不論如何，招募對象都不可能包含國中生才對。

話說回來，對於血氣方剛的國中生來說，太空船船員的確是令人嚮往的工作，而且能夠背負國家威信獲選為隊員也是相當光榮的事。再加上待遇方面也有傳言說，保證享有人氣偶像等級的年薪，因此如果報名者很多亦不足為奇。

但是為什麼要針對一般人招募隊員呢？

即使要組織千人規模的探測隊，從聯合國宇宙軍各會員國自身的宇宙軍中選出專業人士，應該很快就能達到這個人數。

話說回來，與塔爾西斯相關的計畫或多或少都謎團重重。我也明白，就算一介國中生提出疑問，也不會得到任何答案……

「大概算起來，各縣平均會選出四、五個人。搞不好我們鎮上至少會有一個人入選……」

老實說，我也不知道成為這名入選者是幸還是不幸。

我回頭看長峰，她含糊地回了一聲「嗯」，不知是肯定還是否定的答覆。

「啊，長峰，妳對這種話題應該沒興趣吧？」

我敏感地察覺到氣氛似乎要變得有些尷尬，連忙改變話題來補救。

「要不要去常去的那家便利商店？」

「嗯，好啊。」

我們走出校門，好一陣子持續著不太搭調的對話。

我刻意不提起里希提亞號的話題，走路時也避免仰望天空。

來到ＪＲ鐵路平交道，柵欄把我們擋下。蟬鳴聲從四面八方傳來，和柵欄放下時尖銳的「噹噹」聲重疊。

令人煩躁的聲音爭相演出，讓天氣感覺更加酷熱。不，還有一個聲音——

從上方壓迫般的重低音。

當我想要抬頭仰望時，貨運列車駛過，阻擋了視線。喀唧喀唧、喀唧喀唧。當視野再度拓寬，里希提亞號就出現在正前方。它的高度比先前更低，不知此刻飛行高度是多少，我抓不準距離。雖然說此刻比先前看起來的更加巨大，但仍舊只有鉛筆盒大小，所以應該還是飛得很高吧。

上下變化高度，是在進行飛行訓練嗎？還是遊走全國，迎接各地的選拔成員？

「走吧。」

長峰拉拉我的袖子。

柵欄早已升起，警鈴聲也已經停止。

雖然說是放學後順路逛逛，但國中生的行動範圍畢竟有限。可以稍微滿足社團活動之後飢餓肚子的便利商店，對於我們國中生來說，是少數的聖地之一。在同樣的時間，到同樣的便利商店，排隊等待結帳的都是熟臉孔，還有七嘴八舌的交談聲。可是在退出社團活動之後，我們突然對這樣的喧囂感到厭煩，所以特地到距離上下學路線稍遠的便利商店。

放學時間早已過去，但距離社團活動結束還有一段時間，在這個不上不下的時段，店內顧客很少，靜悄悄的，也不會遇到認識的人。有些罪惡感而帶有祕密氣氛的解放感，令人無比愜意。

我們在店內緩緩繞了一圈，站著閱讀漫畫雜誌，稍作休息之後又繞一圈慎重地選擇自己要買的商品。不過退出社團活動的我們已經脫離飢餓狀態，選擇的通常只是一罐冰果汁之類很簡單的東西。

「要去哪裡？」

我抬頭望向天空。短短時間內，里希提亞號已經消失蹤影，取而代之的是滿天壓低的烏雲。

「要不要去公車站？」

「嗯，走吧。」

我們的目標是名為「階梯上」的公車站。

途中天氣開始變化，天色彷彿突然進入夜晚般變暗，接著落下大顆的雨滴。

「快跑！」

乾燥到好似蒙上白粉的柏油路面轉眼間就密布黑點。我們在午後雷陣雨中全力衝刺。

「都淋濕了。」

選擇公車站做為休息地點，就結果來看是正確的。公車站的候車處附設一棟有屋頂的老舊小屋，非常適合躲雨。

一跑進小屋，長峰就噗哧笑出來，在長椅坐下，仍舊氣喘吁吁地脫起濕淋淋的鞋襪。我應該已經看慣女生制服短裙下的雙腿而得以免疫，但我還是第一次近距離看到長峰連腳趾都毫無防備地露出來，所以不免心跳加速。她的腳白皙到令人心疼、纖細到令人同情的地步。

小屋沒有其他先到之客，由我們兩人獨占。我們默默望著越下越大的雨，把冰冷的果汁倒入乾渴的喉嚨。

大概不會有其他人過來了。在這座公車站不論等多久，都等不到公車。這裡雖然是公車站，但幾年前這條路線就已停駛。雖然客運公司沒有倒閉，不過為了合理化的經營而重新檢討公車路線。當時我受到滿大的衝擊。竟然連公車都不會經過了，我還以為我們住的地方算是都會區。

公車已不再停靠，但公車站和小屋卻不知為何保留下來。是因為客運公司吝惜拆除費用？或是採納鄰近居民的要求，做為指引道路的地標？我不清楚個中原因，只聽說白天這裡是貓咪很重要的集會場所。

不論如何，在這間小屋，時間不僅彷彿停止，甚至還讓我產生時間倒流的錯覺。會不會真的只有這裡回到了平成——不，甚至是昭和年代的後期呢？

我望著短暫停歇的雨勢問：

「長峰，妳上高中之後還會繼續練劍道吧？」

「我也不知道……」

「妳有實力，不繼續練太可惜了。」

「可是我跟你不一樣，沒有很活躍，所以有點想放棄劍道……」

「就是因為這樣，我才希望妳繼續練。城北高中的劍道社很有規模，女子隊員人數也很多，妳一定可以很活躍……」

「我並沒有特別想要出鋒頭……而且我在國中已經享受過社團的樂趣……」

「比如說洗衣服？」

「嗯，洗衣服，還有替選手加油。先別說我，你會繼續練劍道嗎？」

「當然。」

她露出淘氣的眼神說：

「哦，你說這些話，其實是想要和我進同樣的社團吧？」

「妳在說什麼！」

她說對了一半。我連忙辯解，她便好像擊中我一劍，既得意又開心地笑了。

下過雨的街道好像重拾生命，安詳地呼吸。

我讓長峰坐在後座，騎腳踏車穿過暮色漸濃的街道，全身感受冰冷的空氣。

長峰不喜歡兩人共乘腳踏車，今天卻毫不猶豫地坐上後座。

她現在臉上帶著什麼表情？輕輕搭在我肩膀上的手透過半乾的襯衫，微微傳遞長峰的體溫。

「天空好漂亮。」

我們仰望夕陽映照的天空。

雲層、高樓大廈和電線桿都綻放著暗紅色的光芒。

明明是熟悉的風景，在我眼中卻顯得新鮮，宛若首次造訪的地方。我忽然湧起類似詩人的心情，希望時間可以停止，留住這幅美麗的景色。但難得的幸福時間並沒有維持太久，令人不快的重低音再度從上方傳來。

這次的聲音格外強烈。我感到頭髮豎起，全身冒起雞皮疙瘩。我無法漠視，按下煞車停下腳踏車，在空中尋找里希提亞號的蹤跡。然而，我找不到那優美的白色身影。

這時，彷彿從後方掠過頭上般，白色物體出現並占據我的視野。

里希提亞號飛在很低的位置。

「好大！」

我像個傻瓜目瞪口呆，說出毫無修飾的評語，除此之外做不出其他反應。

里希提亞號才剛占據我的視野，就疾速往前飛去。離去之際，里希提亞號朝左右射出黑色物體。左右各五架、總共十架飛行物體，以各自的軌跡追逐著里希提亞號。

「德雷薩！」

里希提亞號搭載的德雷薩是人形的載人探測機，其原型據說是為了探測火星而開發的。里希提亞號上的德雷薩是次世代型的最新機種，不僅陸海空兼用，而且是在宇宙中也能自由活動的萬能機器，據說處處應用了塔爾西斯人的技術。

「啊，駕駛員的訓練果然已經開始了。」

我忘了長峰在我身旁，痴痴望著德雷薩的軌跡。

原本覺得事不關己的火星調查隊慘劇，以及其後一系列事件如塔爾西斯震撼、塔爾西斯探查隊和隊員選拔，突然變得具有現實意義。

就在我重新踩腳踏車，準備追隨里希提亞號前進的時候——

「阿昇……」

長峰靠近我。

她的頭髮碰觸到我的脖子，因此我知道她把臉湊向我。

她的氣息吹拂我的耳朵，我感到緊張，不知道她打算說什麼。然而長峰所說的話和我所想像的相差十萬八千里。

「我要搭上那個。」

為了理解長峰這句話的意義，實際上我花了不到五秒，但主觀上的感覺卻像是陷入兩小時般的混亂。

我不記得自己是依循什麼樣的順序正確理解狀況並接受事實。一開始大概說了「妳在開玩笑吧」之類的現實反應。我不可能會相信這種像是開玩笑的事。長峰是個國中女生，在智力和體力方面也並非具有非凡的才能。為什麼平凡的國中女生會被選去駕駛德雷薩？

關於這段選拔過程，長峰本人的說明也不是很得要領。

我直接問她：「妳有去報名嗎？」答案當然是否定的。她說，大約在六月第一個星期六，據說是防衛省代理人之類的人物造訪她家，在她的雙親參與的討論中勸說：「希望妳能來參加選拔測驗。」從前後狀況來判斷，她的雙親可能事先就已經得到通知。

選拔測驗會場在航宙自衛隊宣傳部的埼玉分部進行。原本以為會有很難的智力測驗與體力測驗，沒想到卻只是與五名面試官做簡單的面談，測驗本身只有十分鐘左右就結束。長峰笑著告訴我：「讓我覺得有些意外掃興。」拜託，這不是好笑的事情吧？

「其他去考試的是什麼樣的人？」

她回答：「那個時段只有我去考。」

合格通知很快就寄來了。

「等一下。」我取得十秒左右的思考時間，在腦中整理來龍去脈，然後問：「妳沒有拒絕的權利嗎？」長峰呆愣一下，然後輕鬆自如地回答：「我根本沒想過要拒絕。」

根據五年前國會通過的非常時期特別條例「塔爾西斯特別法」，對於國家參與的塔爾西斯相關一切計畫，所有國民都有義務盡可能協助。唉，的確是……

既然有這種法律，大概就只能乖乖服從了。然而我還是無法接受，再怎麼想都是不合理的。當我了解一半左右的狀況，忍不住開始生氣。理由之一是長峰在這之前一直瞞著我。這麼重要的決定，竟然完全沒有和我討論……

「因為他們說，我有保密義務。為了避免妨礙到今後的選拔工作，在入伍日之前不能告訴任何人。這是穿黑衣服的代理人特別跟我強調的。」

長峰以悲傷的眼神這麼說。距離入伍日還有一段時間，但是她說，她無法繼續保密，因此才告訴我。

「你不可以告訴別人喔。我不喜歡引起騷動……」

她連要好的女同學都還沒有說。我算是獲得特別待遇。我對此感到很高興，可是想到長峰的今後，便無法樂觀地感到開心。

我像傻瓜一樣問了各種想得到的問題，直到天黑才把長峰送回她住的高樓層大廈，一本正經地對她說：「總之，妳要保重身體。」她笑著回應：「距離道別的時間還早啦。」

她本人似乎已勇敢面對現實。

長峰住的大廈是超高樓層建築，而且她所住的樓層已經接近頂樓。我只送她到入口前，一次都沒有受邀到她家。仔細想想，我連她的雙親都沒見過。我聽說過她的雙親都在縣政府工作，另外知道她是獨生女。我和長峰就讀不同小學，上了國中也直到三年級才分到同班。這樣一想，我雖然自以為了解長峰，但其實還有很多不知道的地方。

從長峰住的大廈回家的途中，我為了自己不認識長峰雙親的長相而感到懊惱。

我無法想像她的雙親是以什麼樣的面孔接受她要入伍的消息。他們是面帶笑容祝福她？還是露出悲痛的表情安慰她？

這天晚上我有太多事情要思考，不僅沒辦法念書準備升學考試，甚至還睡不著。我不知道明天該以什麼樣的表情面對長峰。不論如何，距離暑假只剩下幾天，要保守祕密應該不是很困難。

我最終想到的問題，是自己可以做什麼。

我思考自己能為長峰做什麼。當我思索具體事項時，才發覺到自己對於長峰要加入的塔爾西斯探測隊所知太少。

我想到可以在學校圖書館找資料，但沒有耐心等到明天，於是拿出手機連上搜尋網站，收集各種相關資訊。可是，不論我如何搜尋，都找不到選拔基準，只知道他們要踏上探索塔爾西斯的旅程，明年春天要在火星基地訓練選拔成員。

火星！

我認識的長峰竟然要去火星！

我更加感到非現實。

會不會是在騙我？

可是，長峰不是會開玩笑的那種人。她一定會去火星。去了火星之後，接下來會被帶到哪裡？基本上，塔爾西斯人究竟是從哪來的？我當然知道，就是為了要了解這一點，才會組織探測隊。可是，自從發生那場塔爾西斯遺跡調查隊的慘劇以來，塔爾西斯人不僅沒有出現在地球，甚至也沒有出現在火星。有必要多此一舉地特別去探索他們的行蹤嗎？

而且要尋找不知在何處的外星人，這趟旅程究竟會持續多久？被召入探測隊的長峰，什麼時候可以回到地球？

我這時才一一理解白天長峰的言談舉止真正的含意。

她不僅不能和我上同一所高中，而且在我上高中的時候，她已經在遙遠的外太空。外太空一定沒有高中、沒有劍道社、沒有可以在回家途中造訪的便利商店。我這時才想到這些理所當然的事實。

可是這趟旅程不會持續一輩子，長峰一定馬上會回來。

一定馬上會回來。

「馬上」是多久？

高一的時候嗎？

還是……？

隔天我根本不用擔心自己的表情，以睡眠不足的淒慘面孔上學。

然而意外的是，教室裡並沒有長峰的身影。這天長峰缺席了。我擔心她因為昨天淋雨而感冒，在下課時間用手機傳郵件給她，然而長峰沒有回覆我。放學後，我再次寄信，但依舊沒有回音。

這天的次日是第一學期的最後一天。

長峰仍然沒有出現。

我想要在回家時到長峰住的大廈看看，但又裹足不前。

我反覆傳了好幾次郵件，還是沒有回音。為什麼？她會不會和家人一起去惜別旅行了？

我應該問她入伍日期的。不過再怎麼說，都不會在義務教育結束之前吧？還有第二學期和第三學期，不用焦急。在那之前，我們還可以見很多次面，我也有機會說出要對她說的話。

要對她說的話？

鼓勵她加油？

感謝她為社團的付出？

還是其他更重要的話語？

另外還要找些要好的夥伴，舉行小小的餞別會。

然而，我的這些打算都落空了。

暑假開始後第五天，我才收到長峰寄來的信。發信場所是月球軌道上的里希提亞號艦內。

二〇四七年四月

火星基地

——冷靜，美加子。

首先要發現敵人，注意所有方位。

隨時留意容易成為死角的後方、上方以及腳下。

她正這麼做。照上課時學的，而且在模擬器體驗過好幾次。

除此之外，也在月球表面用真正的德雷薩訓練過好幾次，各種基本動作都體驗過了。不論駕駛真實或虛擬的德雷薩，都不會相差太多，因為即使像現在坐在真正的德雷薩中，也不是直接看外面，而是看著映在全方位螢幕上的影像。

不過有些不一樣的是真實體驗中的加速感。她才剛從火星地面基地急速發動、急速上升，加速感就幾乎令她暈眩。

她也習慣了操作艙，以及踏板操作、手臂動作與配合平板的指尖動作。

這次應該沒有那麼難。敵機只有一架，攻擊手段只有飛彈。敵機不會反擊，所以不需要躲避。超簡單的。不過如果是實戰，應該就沒有這麼輕鬆。

雖然說訓練也會逐漸提升等級，加入越來越難的條件……

不過根據任務表，進行的都是戰鬥訓練。

這會不會有點奇怪？

為什麼？是預期會和塔爾西斯人展開戰鬥嗎？

不知道，現在去想這些也沒有意義。

她只能盡可能完成被賦予的任務。

沒錯，先集中注意力在眼前的事。

經過時間，一百二十秒……一、二、三。

發射出來的目標物應該快要出現了。

啊！警鈴響了。

哪裡？在哪裡？

冷靜點。

啊！找到了！

鎖定目標！發射！

……拜託，一定要射中！

德雷薩背後接連射出飛彈。

左右兩對，共有四枚。一枚只有咖啡罐大小，但破壞力超強，運動性能也極高。

美加子發射的四枚飛彈依循各自的軌跡，追蹤演習用的白色模擬機。模擬機的機身外觀令人聯想到魟魚，形狀與運動方式應該是模擬塔爾西斯人個體所設計，但實際上關於塔爾西斯人個體的情報相當有限。

四枚飛彈的動作之所以不同，是為了對抗目標物的迴避動作。集體追逐目標的追蹤陣形有十幾種模式，但要選擇哪一枚擊中，得憑駕駛員的經驗和瞬間判斷。

美加子是新人駕駛員，而且這是她第一次以真正的武器射擊。目標物的迴避動作已配合初學者簡化，只要一枚飛彈擊中便能得到合格分數，四枚如果都沒有命中，駕駛員就得以德雷薩本體進行追蹤。

模擬機的推進器提升速度，以接近直線的動作開始逃逸。

散開的四枚飛彈宛若被吸入模擬機的軌跡般，幾乎在同一軌道上並列追蹤。美加子駕駛的德雷薩則從後方較遠處追隨。

追逐行動的背景是紅褐色的乾燥大地。美加子獨占火星上空的廣大空域。更高的高空中有星際宇宙戰艦俯瞰，地面上則有訓練基地和周邊等候出場的十幾架德雷薩仰望。眾人的眼睛都注視著美加子的戰鬥，然而，在機上奮戰中的美加子無心在意駕駛員夥伴和教官的視線。

——拜託，命中吧！

美加子以祈禱的心情注視螢幕。

飛馳在最前方的飛彈追上模擬機，迅速縮短距離，從後方襲擊。

然而在乍看好像已經命中的剎那，模擬機輕盈地閃開，驚險躲過第一枚飛彈。

第二枚飛彈讀取它的迴避模式，立即改變軌道，試圖繞一大圈到前方截斷目標的退路。

模擬機為了閃躲接近的第二枚飛彈，再度修正軌道將機身橫移。第三枚與第四枚飛彈彷彿預知了它的動作，結伴攻擊。

注視著螢幕的美加子一雙大眼睛綻放出喜悅的神色。

——成功了？

兩枚飛彈命中，貫穿魟魚胸鰭般突出的機翼部分，朝著星空飛去。由於飛彈並沒有安裝彈頭，所以沒有爆炸。

「太好了，命中了！」

美加子不禁小聲地歡呼。

她因為任務成功而興奮，臉頰泛紅。

螢幕上，裝設在德雷薩外部的攝影機拍攝的影像、攝影機周邊設置的機載電腦分析資料以及支援訊息等顯示畫面，都和之前重複練習過很多次的虛擬機沒有太大差異，但想到這是真實的體驗，就讓美加子格外興奮。

機載電腦以冷靜沉著的聲音告知任務結束。

美加子噘起嘴，吁了一口氣。

——該回去了。

下一位訓練生正在等候出場，她必須迅速讓出訓練空域。

她用指尖操控浮現在手邊的觸控平板立體畫面，下達回到訓練基地的指示。德雷薩機身各個部位噴出操控氣體轉換方向，將頭部朝向地面，宛若跳傘般幾乎隨著自由落體速度直線俯衝。

紅色大地與銀色發亮的建築以驚人的速度逼近。

美加子露出有些寂寞的表情。

「可以分我一點洗髮精嗎？」

隔間的半透明尼龍浴簾晃動，一隻沾滿泡沫的手伸到美加子面前。

「咦？妳已經用完分配的份了嗎？」

美加子關上蓮蓬頭的水，轉頭看隔壁。

浴簾上隱約浮現身體曲線。

兩人的身高雖然沒有差很多，但對方凹凸有致的曲線描繪的全身輪廓，卻相當具有震撼力。

「只有那麼一點點洗髮精，連一半都洗不乾淨。我了解在里希提亞號上沒辦法太奢求，可是這裡是火星，應該可以盡情用水吧？根本沒必要連洗髮精都給得那麼小氣啊。」

「嗯，的確……啊，我是短髮，不需要那麼多。」

美加子把軟管裝的洗髮精放在伸過來的手上。

「謝謝。」

手縮回半開的浴簾後方。淋浴聲暫時停止，接著傳來把洗髮精搓出泡沫的「唰唰」聲。

「我要用完喔？」

「好的。」

美加子只能這樣回答。

「今天的結果怎麼樣？」

「三次都射中了。」

「是的。」

「真厲害。妳該不會是駕駛二號機吧？」

「我是殘留組的，到最後才總算過關。」

「那麼，妳是十二號機的……？」

「答對了！」

浴簾猛地被完全拉開。

「我叫北條里美。雖然前途堪慮，不過還是請多多指教。」

她用手背把額頭上的泡沫往上抹，向美加子打招呼。

美加子立刻遮住胸部，驚愕地盯著隔壁隔間的人。

「我叫長峰美加子。」

她明顯露出困惑的神情，以沙啞的聲音打招呼。

「妳是國中生？」

里美好似刻意展現般挺起豐滿的胸部，不客氣地打量美加子的身材。

「不是，我今年春天就畢業了。雖然說沒有參加畢業典禮……」

「啊，這樣啊。想想也是，這次徵召很倉促。不過妳上課時數夠嗎？」

「不夠，我是獲得特例處理。可是，只有紀錄上登記為畢業，連畢業證書都沒有領，所以沒什麼現實感。」

「哦，妳大概是訓練生裡面最年輕的吧？啊，抱歉，忘了介紹，我十七歲，比妳大兩歲。我是自己主動向高中申請退學。根據代理人的說法，要當成休學或畢業處理都可以。可是，既然等於是找到工作了，我想也不需要高中畢業的學歷。」

里美發出高亢的哈哈笑聲。

「妳交到朋友了嗎？」

「我沒有那樣的餘力。而且大家年紀都比我大……」

「說是年紀大，也沒有那麼大的差別。我認識的朋友裡，年紀最大的也才二十一歲而已。」

「而且，我比較怕生……」

「那我來當妳的朋友吧。也許不是很可靠，不過還是請多多指教。」

里美伸出沾滿泡沫的手，硬是把美加子遮住胸部的手扯開，和她握手。美加子露出來的胸部很單薄，被當成國中生也在所難免。

「不過只交到女性朋友，老實說也滿無聊的。」

美加子不知該如何回應，只能笑著敷衍過去。

「我本來期待一定能認識新的男朋友才入伍，真的好失望，有種被騙的感覺。我剛好跟男朋友吵架分手，這也算是我志願參加的理由之一。」

「咦？其他艦上應該有男性隊員吧？」

「我一開始也這麼想。一艘艦上有一百名隊員，就算全都是日本女性，就整體比例來看應該也沒有太大問題，可是還是很奇怪。我在月球訓練的時候，偷偷問基地的人才知道，至少就目前所知，還沒有任何一個男人接受訓練。」

「真的嗎……？」

「真的。不過不用失望，火星基地的訓練據說還要持續一陣子。雖然都是歐吉桑，但是也集結了各國帥哥，只是競爭率有點高。」

「我沒有那樣的打算……」

「這麼乖。妳應該是好學生型的吧？不過不趁現在享樂就虧大了。訓練期間結束後，如果決定要到星際宇宙戰艦工作，就找不到男人了。」

「可是艦上應該不會完全沒有……」

「嗯，當然會有艦長、導航人員、通訊技師、最低限度的維修人員，不過聽說都是老頭子。還有，據說為了節省人力，艦上的料理、打掃工作幾乎都採用無人的自動化方式。」

「這麼說，隊員都是女生？」

「沒錯。」

「為什麼？」

「我怎麼會知道個中理由。不過既然是大人物的想法，應該有特定理由吧？」

「感覺有點像被騙了，心情真複雜……」

「反正想太多也沒辦法。光是可以免費到外太空觀光，就算賺到了。月球雖然說已經變得像遊樂園，但也不是那麼簡單就可以去的。我們不僅去了月球，還到了火星，也體驗過無重力、六分之一G、二分之一G……對了，妳知道嗎？集中訓練結束後可以在火星觀光，我們可以近距離看到著名的塔爾西斯遺跡。」

「塔爾西斯遺跡？」

美加子愣了一下。

「就是塔爾西斯人名稱由來的那座遺跡。第一次載人火星探險隊發現地球外的文明痕跡……」

「啊，我知道！社會課本上也有照片。」

「沒錯，就是那個。那就讓里美姊姊當觀光導遊，替妳講解塔爾西斯遺跡吧。其中有類似城市的遺跡，也有疑似小塔爾西斯人和大塔爾西斯人的化石，可以說是本世紀最大的發現！畢竟證明了地球人以外的智慧生命存在，全世界都為之騷動，簡直是超超超大的文化震撼，於是在遺跡旁邊設置營地，開始進行正式的挖掘調查。那是在距今八年前，也就是二〇三九年。當年我九歲，妳七歲。雖然只是隱約的印象，不過當時的轉播畫面還深深印在我的腦中。」

「我不記得了……」

「那當然，小學四年級和二年級的記憶差很多。接著持續進行小規模調查，根據調查隊的中途報告，組織了大規模調查隊『第一次火星文明調查隊』，派遣到火星，結果在那裡遇到意想不到的狀況。調查隊成員一到基地，不顧長途旅程的疲勞，立刻積極展開活動。投入大量器材和人力的大規模調查開始後，好像是才過不到一個星期的時候吧——連日連夜的轉播報導熱度稍微冷卻了，只有在新聞節目會播放相關影像——這時，新聞快報播出面目全非的塔爾西斯遺跡畫面，一半以上的遺跡和營地都消失了，感覺像是相當於核彈的能量瞬間爆發。妳應該記得當時的衝擊影像吧？」

「抱歉，我不記得當時看過報導。不過那幅爆炸畫面因為重播過很多次，所以我後來當然看過……」

「原來妳知道啊。害我浪費這麼多口舌……也沒有啦。那我順便交代後來發生的事情吧。根據少數倖存者的說法，那不是意外事件，而是破壞行為。和塔爾西斯遺跡出土的化石一模一樣的大塔爾西斯人出現，攻擊調查隊。如同妳所知道的，事件發生的當下隱藏的影像在隔年公布，就是一群大塔爾西斯人出現在營地上空的畫面。後來的發展就像國中教過的，由美國主導的聯合國會議訂定塔爾西斯條約，各國以通過條約的形式各自發布非常時期宣言，把尋找塔爾西斯人視為最優先事項。他們是從哪裡、為了什麼目的而來？最先想到的當然是侵略目的這個最糟糕的劇本，所以同時也建構了全地球規模的防衛系統。雖然是臨時湊合的，不過以聯合國各主要加盟國既有的宇宙軍為主體，組織聯合國宇宙軍……」

「這些我都知道，在學校上過了。」

美加子露出認真的表情連連點頭說道。

「然後，不知道為什麼，我們被選入塔爾西斯探測隊，踏上尋找塔爾西斯人的旅程。」

「獲選為全世界的代表，應該是很光榮的事情。」

「話是這麼說，可是總覺得沒什麼真實感。畢竟在那之後，塔爾西斯人一次都沒有出現。侵略目的這個可能性應該可以刪除了……」

里美交叉雙臂，擺出沉思的姿勢，不過很快地又說：

「哎呀，好像聊太久了。我們得趕快穿衣服才行，否則就要錯過晚餐啦。可以吃到生鮮蔬菜的期間也只剩現在，必須好好補充營養。待會兒餐廳見，我們坐在一起吃飯吧。」

里美笑了笑，用力拉上浴簾。

美加子立刻又聽到淋浴的聲音。她想要暖和變冷的身體，也再度轉開蓮蓬頭。

餐廳非常熱鬧。

每一張餐桌都被二十歲左右的女生占滿。

其中一半左右的人已經吃完，卻似乎捨不得離開，繼續忙著聊天。其中也有一些人沒有加入聊天，拿著手機默默寫信給留在地球的家人。這樣的光景讓人聯想到女子大學的餐廳。

美加子將識別證舉到感應器前，在櫃檯領取盛放料理的餐盤，環顧餐廳尋找座位。各桌都已經形成好幾個小圈圈，找不到可以輕易插入的座位。

她正感到不知如何是好，有個女生對她揮手招呼：「在這裡！」

那是在淋浴間碰到的里美。

大多數人都穿著發配的運動服，看起來很休閒，里美卻穿著狂野風格的牛仔上下衣。

美加子穿過座位間，緩慢而慎重地前進。到達火星才第二天，她還不是很習慣火星的重力，一不小心感覺就會飄起來。

里美不知是剛到或是一直在等美加子，餐盤中的料理都還完好如初。美加子坐在她對面，靜靜地放下餐盤。

里美托著臉頰說：

「有件事我想問妳，希望妳不要生氣喔——妳這個人應該滿頑固的吧？」

美加子完全不懂她為什麼會這麼問。

「……為什麼？」

里美指著美加子身上的衣服說：

「因為妳身上穿的應該是國中運動服吧？」

「我聽說服裝可以自由選擇，而且這樣穿最輕鬆……」

「也許吧。不過主要理由不是這個，而是妳想要保持國中時期的自己，對不對？」

「我沒有……」

她正要否定，卻無法繼續說下去。

雖然不是有意識地為了這個理由而穿國中運動服，但里美的確點出事實。

「真抱歉，所以我才說希望妳不要生氣……好，開動吧。蔬菜都是火星產，聽說是大量使用冰凍的地下水栽培的。不過因為陽光照射不足，生長速度比地球上緩慢……有味噌拌小芋頭、炒牛蒡。味噌湯的味噌和湯裡的豆腐據說也都是當地生產的食材，當然還有米。真是太感人了，不知道是不是為了我們特地栽培日本食材。是不是都沒關係，總之要感謝這裡的員工。開動了～」

「我也開動了。」

美加子拿起筷子前，先從運動服口袋取出手機，輕輕放在餐盤旁邊。

里美咀嚼著第一口白米說：

「可能是重力的關係，飯煮得不是很好，不過也不能太奢侈。」

接著她又用手中筷子指著美加子的手機問：

「啊，我又得請妳不要生氣——妳該不會是在等男朋友的郵件吧？」

「也不算是男朋友……」

「來，借我看一下。」

里美迅速伸出手，攫走美加子的手機。

待機畫面是綁上頭巾、穿著劍道服的阿昇側臉。

「哦，滿帥的嘛。」

里美露出奸笑。

「請別這樣！」

美加子連忙奪回手機。

「你們是同學嗎？發展到哪個階段？」

「我們不是那種關係！」

美加子紅著臉，強烈地否定。

「那妳告白了嗎？」

「沒有，也沒有被告白。我們參加同一個社團，原本約定要上同一所高中……」

「這樣啊。他已經上高中了，可是妳在火星，還保留著國中時代的心情……」

美加子放下筷子，低下頭。

「啊，對不起，我真是個壞心眼的女人。我大概是因為沒有男朋友，所以既羨慕又嫉妒。有人一直在等妳，真的很幸福。我也會替你們的交往加油。」

「謝謝。里美，妳真是個率直的人。」
美加子恢復笑容，喝起純火星產的味噌湯。

阿昇：
我到了火星，一直在進行演習。
別看我這樣，在選拔成員當中算是成績好的。
我看到奧林帕斯山，也去了水手峽谷。
我當然也去了塔爾西斯遺跡，跟在課本上看到的照片感覺很不一樣。
雖然調查結束並且公開的區域有限，不過我從很近的地方看到住居遺址和類似公園的地方，感到很興奮。
太陽系不是只屬於地球人。
我親身感受到，在遙遠的古代、地球文明誕生前，他們就已經擁有高度文明。
真的很驚人。

遺跡旁邊建了慰靈塔，祭祀在塔爾西斯人攻擊中喪命的第一次火星文明調查隊的成員。

塔爾西斯人為什麼要做出那麼殘忍的事？

是因為沒有向他們打過招呼就想擅自揭開遺跡之謎嗎？

如果是這樣，他們的憤怒一定還沒有平息。

地球人想要徹底揭開他們的文明之謎。

我們迅速吸收了從他們身上學習的高科技，應用在各種事物。

里希提亞號也運用很多他們的科技。

譬如亞光速航法和相關驅動系統。還有更厲害的，就是自律型超空間引擎，可以一下子穿越一點五光年的距離。

接下來就輪到我們利用他們的技術，去追逐他們。

下一封信的發送地點，大概會在前往木星衛星埃歐的里希提亞號上。

我們明天就要離開火星。

和你之間的距離會越來越遙遠。

傳送郵件的所需時間，也會變成越來越大的數字。
到了埃歐，一定也能通信吧。
畢竟埃歐也有訊號基地……
那就下次再聊。

成績優秀的美加子

二〇四七年四月

城北高中

阿昇：

很抱歉突然離開。

我現在人在月球營地。

我本來想要好好跟你道別，可是迎接的人毫無預兆地突然來了。

和你一起躲雨、一起回家的那天深夜，之前提到的那個代理人來了，硬是要我在一小時內準備好出發。很過分吧？

爸媽也很生氣，說哪有這種事。

我匆匆忙忙把衣服塞進包包裡，很快搭上他們的車，前往航宙自衛隊的埼玉基地。

我原本以為畢業典禮結束後才會和大家道別，真是太過分了。

不過我想，像這樣彷彿被綁架般帶走，或許反而是好事。要隱瞞大家、等待入伍的日子一天天接近，我大概無法忍受。

而且，到了告別那一天，我一定會哭。一哭出來，就會像愛撒嬌的小孩一樣，吵著說我不想去了。

總之，我已經安全入伍，也意外地過得不錯。

抵達埼玉基地辦理簡單的入伍手續、拿到補給品，還來不及睡覺，一大早就被載上太空船，在月球太空站住宿一晚；被綁架的四天後，便抵達位在澄靜之海的聯合國宇宙軍營地。

我在這裡接受說明後，總算得到解脫，來到個人房，現在正在打寄給你的信。

我當然先寄信給雙親了。

不知道有沒有順利寄到。

透過寄給爸媽的郵件，我已經確認從月球也能寄信。不過接下來每次艦隊移動，就會經由各個不同的中繼衛星寄信，所以阿昇寄來的信，我有可能沒辦法順利收到。

不過沒關係，我打算很認真地寄信，會確實報告我在哪裡做什麼，所以放心吧。

從明天開始，我就要參加研習。

我要接受講習，成為傑出的德雷薩駕駛員。不知道什麼時候才能坐上真正的德雷薩。

好了，祝你暑假快樂。

喔，你還得先考高中才行。

不要因為太拚而搞壞身體喔。

還有，少碰冰冷的食物跟飲料。

以考上志願學校為目標，加油！

就這樣。

被綁架的美少女美加子

不知道是因為刻意要裝出開朗的口吻，或者真的太過興奮，長峰寄來的信筆調格外亢奮。

話說回來，不論事情經過如何，她總算是平安入伍了。

我立刻回信。

手機的通訊範圍已經擴展到外太空，任何手機都能很平常地進行外太空和地球間的通訊，不算什麼特殊功能。

雖然理論上知道這一點，但身為一介平凡國中生，我沒有住在外太空的朋友要聯絡，因此過去沒有機會嘗試這項功能。

不過我知道，現在有超過三萬人經常性地在外太空工作。

話說回來，人類前往比月球更遠的外太空還是不久前的事，因此即使在外太空工作，多半也侷限在密密麻麻飄浮於地球低軌道的太空站，或者是月球表面。

外太空的利用目的有很多，包括軍事目的、科學研究、醫療目的、娛樂觀光目的、民間新素材的研究開發、電影產業拍攝外景、新聞報導機關的發訊據點等等。

然而，最近都以軍事目的為優先。

自從塔爾西斯震撼以來，部分也是為了確保航路安全，民間太空船的總班次受到限制，外太空及月球的民間設施也一一被聯合國收購，改成宇宙軍相關設施。

另一方面，從塔爾西斯遺跡出土品獲得的塔爾西斯文明高度科技，則立即應用到外太空領域，得到驚人的發展。然而，宇宙技術越是發展，對我們一般人來說，外太空卻變得更加遙遠。最新科技都由ＮＡＳＡ與以美國宇宙軍為主軸的聯合國宇宙軍獨占，完全沒有對外發表。

宇宙相關的情報受到規範，日益遠離庶民的眼前。

在極少的宇宙相關情報中，只有關於塔爾西斯探測隊的情報例外地公布很多，規範相對也比較寬鬆，或許是為了要讓全世界的人在腦中深深烙印「我們人類隨時都受到塔爾西斯人威脅」的印象，因此刻意放出了情報吧。

也因此，長峰寄來的信讓我對外太空感到格外親近。

雖然理論上知道可以寄達，但我是第一次朝著月球表面傳訊，因此很擔心是否真的能寄達。半夜送出信之後，我跑到外面仰望夜空。月齡三天左右的一彎月亮虛弱地在低空露臉

當時我實際感受到，長峰到了很遙遠的地方。

——長峰在那種地方。

然而，我主要感受到的是隔開兩人的距離，幾乎沒有想到長峰被丟入陌生的環境、被迫過著和過去完全不同的生活，會是什麼樣的心境。

在那之後的半年間，我們持續通信，給予彼此正面的鼓勵。

一個是德雷薩駕駛員，一個以考上高中為目標，彼此稱讚平日的努力並為對方打氣。

然而老實說，我的心情有些複雜。

不是因為不能直接見面這種單純的理由。

我邊替長峰擔心，邊也羨慕她，甚至有點想疏遠她。

長峰或許很辛苦，但她所做的事對人類有貢獻，具有崇高的目的與使命，非常了不起。相較之下，我所做的只是為了「自己的將來」這種不起眼而渺小的目的。

而且長峰的將來已經安排好了，我卻連考上高中的保障都沒有。

長峰真幸運——我真心地羨慕她。

而且當我拿著單字卡，努力要多背一個英文單字的時候，要是突然響起收信鈴聲，老實說也會感到受不了，覺得饒了我吧。

當天的訓練表和成績、反省要點、晚餐內容與味道評分、各教官的八卦和綽號、從月球表面看到的地球每天樣貌、以及長峰觀察雲的動向提供的天氣預測……不論是哪一個話題，都和考生無關也毫無益處。

我受夠了這樣的狀況，在新年過後，距離正式考試不到兩個月的時候，便主動提議暫時停止通信。我真是個自我中心、心胸狹窄的人——我不禁產生自我厭惡。

我不想要把和長峰通信當理由，可是，我或許真的無法集中精神準備入學考。考前的衝刺沒有太大成果。

我抱著「船到橋頭自然直」的自暴自棄心態迎接考試，最後還算順利，考上了志願學校。

春天來臨，我進入高中。

我逕自解釋為長峰寄來的鼓勵信或許發揮了效果。

真是個自我中心的傢伙。

我不確定她是否還在月球進行訓練，不過我想要告訴她自己考上高中的消息，因此向營地傳送簡短的郵件。然而，長峰並沒有收到這封信。她已經離開月球表面的營地，為了前往下一個基地而在里希提亞艦內，因此通信出了一點問題。

不過長峰記得我的錄取公布日，次日寄了簡短的信，告訴我她在里希提亞艦上，並詢問我是否考上。我立刻回信。

結果長峰似乎要一口氣填補兩個月的空白時間，寄了長到恐怖的回信，差點就要超出手機容量。

信的內容像日記般打上日期，似乎是每天持續寫的，而且分量一天比一天多。我在準備入學的期間找空檔，花了三天才讀完。我幾次試著要寫回信，但都半途而廢，還沒寫完就迎接開學典禮。寫到一半的信都作廢，我只寫了一封簡短的信，告訴她我總算順利成為高中生。另外補上一句：「高中生活的細節會在下一封信告訴妳。」

真是沒有誠意的傢伙。

長峰在我確定考上之前，就先一步順利完成月球上的基礎訓練。

走、跑、趴下、起身、站起來、踢、跳、旋轉、靜止、抓、推、拉、投擲、戳、揮動、砍、捏碎……她紮實地學習德雷薩的各種基本動作，以優秀的成績獲得認可為德雷薩駕駛員。

訓練生不愧是從世界各地精選而來，幾乎都習得了德雷薩的操作。然而也不是完全沒有被淘汰的人，有人在訓練中意外受傷，有人因為成績低迷而陷入憂鬱、被送回地球，據說還有人無法承受嚴苛的訓練而逃出營地。

聽到這些事，我覺得長峰或許很適任吧。長峰的耐性在國中社團活動中就已得到證明了。

入學的各種手續、購買課本與學生月票、填寫繳交文件等繁瑣的程序都告一段落，我也開始記住導師、科任老師以及班上同學的名字，逐漸融入新的環境與生活型態，終於有心情上的餘裕想要寫長信給長峰。

這時長峰已經抵達火星，開始下一階段的訓練。

從長峰每日寄來的信中，我得知訓練變得越來越嚴苛，而且內容偏重在戰鬥。

我感到有些擔憂。

一千名德雷薩駕駛員究竟是為了什麼目的所培養的呢？

德雷薩原本是為了行星探測而開發的全環境適用型移動機體，不過依據裝備選項，反而變得比較像是戰鬥機器。

會不會是預期在遭遇塔爾西斯人的時候會與他們交戰，才訓練長峰她們成為士兵呢？

沒錯，仔細想想，包括長峰在內的選拔成員都隸屬於聯合國宇宙軍。

塔爾西斯探測隊會遇到塔爾西斯人嗎？

可能性應該不能說是零。

其根據就是捷徑錨點的存在，以及聯合國宇宙軍掌握其中幾個所在地的事實。

塔爾西斯人據說是經由捷徑錨點來到火星。

這麼說，如果從捷徑錨點逆向追溯，遲早可以到達塔爾西斯人的出發地點。

順帶一提，捷徑錨點是連結宇宙空間兩點的空間跳躍入口。塔爾西斯人來襲後，在火星公轉軌道附近發現移動的奇異點，因而得知其存在，但直到最近才發表。只要發現一個，就能推測應該還有其他點，因此當採用塔爾西斯技術的新型太空船艦完成後，便立刻用來尋找太陽系內的捷徑錨點。

塔爾西斯人來襲後過了六年，現在才開始大規模進行塔爾西斯人的探查，主要理由或許（這是我自己的猜測）是因為必要工具齊全了。也就是說，在太陽系以外也發現捷徑錨點，因此準備去探查它通往的地方。

……呼。

長峰現在所在的火星已經夠遠了，到了太陽系以外，更是遠到難以想像。事實上，我根本無法想像實際的距離感。

十艘太空船艦、千名成員組成的塔爾西斯人探測隊，真的打算要飛到遙遠的外太空嗎？

那麼，長峰什麼時候才能回到地球？

雖然說是遠到難以想像的距離，但利用捷徑錨點可以一口氣縮短距離，也就是瞬間移動，因此在時間上或許不是那麼久。不過令人在意的是，根據傳言，捷徑錨點都是單向通行。也就是說，沒有回程的特急車票。

基本上，關於捷徑錨點還有很多未知的謎。

目前已幾乎確定這是人工的奇異點，但似乎不是單純穿鑿在宇宙空間的隧道，所以應該有某種外部控制機制，只是，現在完全不知道這方面的維持管理是如何進行的。總之，感覺是抱持著「雖然不知道原理，但是這裡有方便的捷徑，就用用看吧」這樣的心態。

更可怕的是，雖然已經發現好幾個捷徑錨點，但還沒有在載人的狀態下嘗試過這些捷徑。發現捷徑錨點後，會投入裝有發信機的探測球，如果能夠安全穿越到宇宙某處，就會立即傳送電波。但由於是以光速回傳，因此當然也有投入之後尚未回報抵達何處的探測球。

也因此，除了已確認出口的捷徑錨點之外，並沒有任何安全保障。就算是找到出口的捷徑錨點，也只是恰巧有一個機械裝置安全抵達，誰都無法保證易碎行李是否能夠安全寄達。

換句話說，長峰等人是在未經演練的狀況下直接闖入隧道。

喂喂喂，這樣真的不要緊嗎？

而且就算安全抵達，回程要怎麼辦？

回程要搭慢速列車？不，雖然說是慢速，但最新型太空船艦里希提亞號應該會以亞光速回來才對……

長峰，妳過得如何？

我已經開始習慣城北高中。

我剛收到從火星基地寄來的最後一封信。

放學後我留在教室。

為了趕得上妳出發，我會立刻回信。

話說回來，我也沒有必須立刻告訴妳的消息。

我現在之所以一個人留在教室，是因為在猶豫應該參加哪個社團。必須在今天提出申請才行。

我原本想要繼續練劍道，但又有點心猿意馬。

也不是厭倦，只是想要嘗試其他可能性。

我稍微去看過弓道社的練習，覺得好像滿有趣的。妳也許會罵我沒有連貫性吧。

妳接下來要去木星的歐羅巴基地嗎？

我雖然知道木星也有聯合國宇宙軍進駐，但還是第一次聽說歐羅巴衛星上設有基地。這不算機密事項嗎？

我開始有點擔心，會不會因為審查，以後寄來的信出現很多空白（只是開玩笑而已）。我會祈禱你們能夠安全抵達歐羅巴。

再見。

目標是隱密劍士……寺尾昇

阿昇：

我現在在歐羅巴。

雖然還不是很清楚，不過我想在這裡應該不會待太久。地面訓練在火星基地就大致結束了，在歐羅巴主要好像是要訓練離艦和著艦。

事實上，我們已經開始參與兼作訓練的勤務。

我們採取輪班制，四小時輪替，一共有五班。

德雷薩的彈射器在船的側面有十對，所以剛好有二十個人坐在德雷薩上待命。雖然應該不會發生什麼事，不過姑且兼作訓練，會臨時下達出動命令。

其實現在就在勤務當中。

我不知道什麼時候會得到出動命令，所以很緊張。

有中繼基地的地方只到這裡。

雖然說是基地，但其實只是飄浮的太空站，並不是紮營在地面，所以我們不會下船。

船艦上的生活就像被關在都會裡的辦公室，二十四小時工作，感覺有些苦悶，不過我也從中找到一些樂趣。

之前跟你說過，我交到了朋友。

啊，不用擔心，我的朋友叫里美，是人我兩歲的女孩。

事實上，船員真的都只有女生。

不過因為我年紀最小，可能都被當小孩子看待吧。

航行中行動範圍會受到限制，幾乎只有在自己房間和餐廳之間來往，連外面都不允許看。

現在因為在停泊中，所以解除限制，我就利用自由時間欣賞木星。從近處看木星，一點都不會無聊。炙熱的氣體雲會形成很壯觀的漩渦，表面的斑紋不斷變化，真的很美。

啊，還有，我也看到磁流管。這是木星到埃歐衛星之間、太陽系最大的閃電，非常壯觀。

阿昇，你加入弓道社了嗎？

弓道社的女生應該很多吧？

畢竟弓道是女生喜歡的運動。

我原本也應該和你一起去念城北高中。

有時候，像這樣獨自坐在德雷薩裡，會想到：「我現在在哪裡？」「我在這種地方做什麼？」

也許只是想家吧？

下一個目的地大概是冥王星。

離你越來越遠了。

那麼，下次就從冥王星（？）寫信給你。

想家的美加子

妳過得如何？

弓道社的確是女生的天下。

身為學弟的我乖得跟小綿羊一樣。

沒多久就是升上高中後的第一次考驗——期中考。每一科和國中時相比都變得很難，熬夜臨時抱佛腳似乎也不太有效。

周圍有人很悠閒自在，也有人才入學就拚命念書，為大學的入學考試做準備。
至於我，還沒有想到那麼久以後的事。
長峰，妳好像不太有精神。
其實不用想得那麼複雜。
再告訴我冥王星的情況吧。
我期待著妳的報告。
代我向里美問好。

將來未定……寺尾昇

事實上，我還滿享受高中生活。
我投入於高中生的日常。
長峰則在遙遠的外太空過著軍隊生活。
我們到底是什麼樣的關係？

二〇四七年四月　城北高中

我們之間的距離越來越遠，不能見面的時間毫不留情地流逝。

長峰對我來說，大概像是有一天突然從教室消失、轉學到遠方的同學。雖然持續通信，但彼此的共通話題變少，後來通信頻率逐漸降低，不久之後就自然而然停止通信——我和長峰也會這樣嗎？

可是，感覺似乎不只是這樣。

至少現在長峰需要我。

而我……

二〇四七年八月

冥王星

阿昇：

我現在在冥王星。

感覺終於到達太陽系最偏遠的地方。

在這裡幾乎已沒有新東西要學了。

該學的都已經學過，關於德雷薩的駕駛都難不倒我。

我們在這裡要做的是搜索錨點。

之前應該也跟你說過，目前還沒有找到回程的捷徑錨點，所以聯合國宇宙軍的工作人員持續在尋找錨點，而我們等於是在幫忙。

冥王星還沒有基地。

這或許也可以算是一種訓練。

我們採取三班輪替制度，每天有八個小時會去里希提亞號外面尋找錨點。這也是離艦訓練，離開母艦後可以自由移動。

德雷薩原本就是探測機，載有各種感應器，非常適合做這種工作。

不過我想應該找不到吧。

啊，我現在剛好是執勤時間，正在德雷薩裡面。我當然不是在偷懶，有好好執行工作。實際在工作的是機載電腦，我只是看守著電腦而已。目前沒有任何異狀。

包括這顆星球在內，前方已經沒有基地了，所以也沒有支援。感覺終於要踏上旅程。離開這裡之後，接下來的目的地仍舊是祕密。

在太陽系內部的各衛星周邊，除了尋找捷徑錨點，也在監視塔爾西斯人。

可是目前還沒有發現塔爾西斯人出沒，所以我猜我們應該確定會離開太陽系。

事實上，停靠在歐羅巴基地的時候，進行了一些人員調換。根據聽來的說法，艦隊當中有一、兩艘可能會留在冥王星，做為後方支援部隊。

我現在還是在旗艦里希提亞號上面執勤。

這大概代表我沒有進入留守組。

阿昇，其實我覺得不要找到塔爾西斯人比較好。我不想再前往更遙遠、不知在何方的宇宙了。

我希望可以安然無事地早日退伍，早點回到地球。
阿昇，你會等我到那一天嗎？

美加子的信寫到這裡便停下來。

——阿昇真的會等我嗎？

她看著手中的手機畫面，嘆了一口氣，很乾脆地刪掉最後一行。

——要等到幾年之後才能回到地球？那位代理人叔叔說，只要二、三年時間，可是連入伍日期都跟他說的完全不同，所以應該無法相信他的話。不過既然都到這裡，已經無法返回了。即使想要逃跑，光憑德雷薩也沒辦法回到地球。但如果裝病，或許可以被編入留守組。除此之外沒有其他手段。

「美加子，妳又在偷懶了！」

響徹駕駛艙的吼聲把美加子拉回現實。

她抬起頭，看到螢幕上出現里美的特寫。

「我才沒有偷懶！」

「是嗎？看，妳又拿著手機。妳在寫信給阿昇吧？就算急忙藏起手機，也早就露出馬腳。要不要我去跟司令告密？」

「妳好壞……」

「開玩笑的。就算我們在這裡拚命尋找，也不可能那麼簡單就找到捷徑錨點。事實上是上級考慮到我們一直關在艦內，才讓我們出來放風。」

「里美，有什麼事嗎？」

美加子想要繼續寫信，因此打斷她的話。

「妳還問什麼事？已經到換班時間了。」

「咦？真的嗎？」

她看了一下螢幕角落顯示的時刻。

離開母艦後，的確已經過八個小時。

「真是的，妳認真點。不快點回來，著艦門要關囉。」

「里美，妳在哪裡？」

「我在排隊等候著艦。因為妳還沒回來，我替可愛的妹妹擔心，才在百忙中抽空跟妳打招呼。妳最近好像沒什麼精神呢。雖然說，來到冥王星這麼偏遠的地方，要打起精神也未免太強人所難。每個人都難免會想家，妳的年紀又最小，所以我不能丟著妳不管……」

「我看起來真的那麼沒精神嗎？」

「當然。妳明明正在食量最大的階段，可是到冥王星之後，妳每餐飯都剩下來。」

「因為我吃膩了艦上的食物……」

「不只是這樣。我之前就注意到了，可以直接說出來嗎？」

「什麼……？」

「妳那身打扮！」

里美伸出手指。

「有什麼奇怪的地方嗎……？」

「雖然在駕駛艙裡只有自己一個人，不會被別人看見，只要不影響操作，就算光著身體也沒關係，可是，一般來說不會穿成那樣吧？」

「是嗎？我只是穿上想穿的衣服而已。別在意啦。」

「我當然會在意！妳為什麼要穿制服？而且還是已經畢業的國中制服？」

她斥責的語氣讓美加子瞪大眼睛，檢視自己的模樣。短袖白襯衫加上暗紅色領帶，的確是國中時的夏季制服。

「妳問我為什麼，我也……」

「這不就表示妳的心情還停留在國中時代嗎？」

「也許吧。不過我完全不想穿分配的服裝。」

美加子為了移開視線而低下頭。

「妳是在無意識中排拒被編入部隊裡。」

「我並不討厭艦隊生活啊。」

「可是在旁人眼中看來，妳只有坐上德雷薩參加演習的時候才有精神。妳是抱著參與國中社團活動的態度在演習吧？」

「妳這麼說，我也不知道……」

美加子抬起頭。她眼中已經噙著淚水。

「妳……」

里美正要繼續說下去的時候，駕駛艙內的警鈴響了。

「怎麼搞的？我這邊也在響。我要切斷通話囉！」

里美的身影消失，螢幕切換為以冥王星為背景，顯示各船艦所在位置的圖案畫面。

『塔爾西斯人來襲。塔爾西斯人來襲。德雷薩部隊準備離艦！』

——騙人！

『進行探測作業的人員，即刻返回母艦！』

——從哪裡出現的？

——怎麼會這麼突然？

現在不是想這些問題的時候，美加子展開行動。

「塔爾西斯人在哪裡？」

她詢問機載電腦。

配置畫面標示出紅點。

『里希提亞號附近，而且正在接近里希提亞號。』

「我在哪裡？」

畫面上亮起藍點。

好近，她比里希提亞號更接近塔爾西斯人。

「僚機呢？」

三個綠點分散在畫面中。

「朝塔爾西斯人全速接近！」

她下達命令後，將注意力集中在畫面上。

里希提亞號和僚艦尚未出動德雷薩部隊。

僚機當中有兩架的動作看似要返艦。然而，幾乎與塔爾西斯人及里希提亞號位在同一直線的一架則回轉，接近塔爾西斯人。

「啊，等等。妳要幹什麼？單打獨鬥嗎？」

美加子的德雷薩也持續加速逼近紅點，不過比較像是從斜後方追逐。

「到達預期接觸地點還有多少時間？」

『五十七秒。』

「僚機呢？」

『二十秒。』

「放大畫面！」

畫面以紅點為中心放大，只有綠色與藍色的點進入框中。

「啊！有三個！」

原本重疊在一起的紅點分裂為三個。

僚機的綠點朝著那裡全速前進。

『開始減速。』

機載電腦發出平淡冷漠的聲音。

「等等，繼續加速，接下來交給我處理。」

美加子知道無論如何大概都來不及。

然而她在情感上無法減速。

她把手機收進駕駛艙旁邊的置物箱，雙手插入兩旁的操控槽。

三個紅點與綠點不斷縮減距離。

——會發生什麼事？

——沒有人來支援嗎？

『出發！德雷薩隊，出發！』

母艦司令總算下達出動命令。

「啊，太遲了！」

畫面上的紅點和綠點終於重疊在一起。

美加子屏住氣。她有一瞬間閉上眼睛，把臉從畫面轉開。

當她回過頭來張開眼睛時，螢幕上的綠點已經消失。

——怎麼回事？難道被擊敗了？

「減速，全速減速！」

她邊喊邊以手動操作進行減速。

「還有幾秒？」

電腦再度估算。

『還有十七秒。』

距離一口氣縮短了，美加子切換到實拍畫面。

眼前有三個銀色發亮的飛行物體。這是她第一次親眼看到。

『……還有十秒。』

他們似乎發現到美加子的德雷薩。

原本飛在一起的塔爾西斯人朝著三個方向分離，依循不同的軌道飛行。

——現在還不用擔心，我是從背後接近的。

美加子沒有改變軌道，鎖定朝里希提亞號直飛的塔爾西斯人為目標。她稍做微調，剛好跟在背後。

「停止減速！」

她朝著銀色飛行物體不斷逼近。

「分析！」

她運用德雷薩搭載的各種感應器，收集塔爾西斯人的資料。

螢幕上依序顯示分析結束的資料。

全長、全寬、估算質量、表面構成物質、表面溫度、內部立體構造……

除了從塔爾西斯遺跡得到的情報之外，人類對於塔爾西斯人所知甚少。關於塔爾西斯人的個體形狀和生理機能，可從遺跡出土的木乃伊化石得到一定程度的資料。然而，那是幾萬年前的個體。這大概是首度近距離接觸活著的塔爾西斯人。

——你們只有三架，是來幹什麼的？是觀察敵情的偵查兵嗎？

『……兩秒，一秒。距離固定為一千公尺。』

——你們不來攻擊我嗎？我該怎麼辦？

先前正面突擊塔爾西斯人的僚機已經被消滅。

她和塔爾西斯人之間進行了什麼樣的接觸？是單方面受到攻擊，輕易就被擊敗了嗎？

——我應該繼續等嗎？可是這樣下去，塔爾西斯人就要撞上里希提亞號了。

駕駛艙內響起警鈴。

『通知全體德雷薩。包圍塔爾西斯人，展開攻擊。』

——戰鬥就行了吧？

她咬緊牙關鼓舞自己，開始戰鬥。

「加速！距離接近到五百公尺！」

她盯著顯示距離的數字，在逼近到七百五十公尺時發動攻擊。

「六枚飛彈，發射！」

——命中吧！

六枚飛彈以看似不規則的軌跡追逐著塔爾西斯人。

塔爾西斯人似乎察覺到攻擊，橫向滑行閃躲。

「追上！」

美加子的德雷薩也緊跟在後，縮短距離。

「準備火神砲！」

箱型砲塔從左臂伸出。

塔爾西斯人以巧妙的迴避動作，躲過兩枚飛彈，接著朝逼近的兩枚飛彈發出紅色光束。

被光束射中的兩枚飛彈幾乎同時爆炸。
晚一步飛到的剩餘兩枚也被捲入這場爆炸而引爆。
美加子的視野有一瞬間變成全白，找不到塔爾西斯人的行蹤。
「在哪裡？他們在哪裡？」
距離固定為五百公尺。
美加子找遍了全景螢幕。
頭上、腳下都沒有。
「啊，正後方！」
美加子猛踩控制踏板。
德雷薩翻跟斗，做出半個回轉。
「找到了！」
她在喊出聲的同時，在操控槽中按下發射鈕。
砲塔噴出火焰，射出二十發砲彈。
在此同時美加子也進行閃避動作。她踩下控制踏板，保持距離劃出弧線下降。

——命中吧！

如果跟演習一樣，應該能夠毫無問題地擊中，然而這是實戰，有關塔爾西斯人的戰鬥行動尚有許多未知部分。包括飛彈全數被躲過，還有在不知不覺中被繞到後方，都是預料外的情況。

美加子盯著砲彈，塔爾西斯人也轉為躲避動作。

——趕上吧！

不論他們躲到哪裡，都要讓砲彈命中。為此她將二十發砲彈的彈著點微妙地錯開，希望至少能命中一發。

「重新裝填！」

塔爾西斯人出現好似絆倒般的微妙動作。

——命中了嗎？

塔爾西斯人像馬路上酒後駕駛的車子般蛇行一陣子，然後突然爆炸。

銀光閃閃的甲殼化作無數碎片飛散。

「太好了！終於命中了。」

然而事情還沒有結束。

『接近中！接近中！』

機載電腦發出警告。

不明物體朝著德雷薩迅速接近。

美加子因為欣喜而鬆懈，無法立即採取行動，只能眼巴巴盯著接近的物體。對方不知是否拋棄了自己駕駛的機體逃脫，小了一圈但仍舊是銀色的發亮物體，正急速接近。

不知為何，美加子無意發射火神砲。

同時她也不覺得對方有攻擊的意圖。

塔爾西斯人以滑行動作接近到德雷薩眼前似乎伸手可及的位置後，突然靜止。

美加子在駕駛艙中全身僵硬。

她很害怕，但也像是被蠱惑般，身體無法自由活動。

塔爾西斯人的外表令她聯想到具有堅硬甲殼的生物，像是烏龜或螃蟹之類的。

正面對峙時，塔爾西斯人出現變化：外觀開始變形，從甲殼縫隙朝左右伸出觸手狀的東西，看似頭部的部位則長出類似脖子的東西。

左右伸展的觸手前端分裂為二，各自的前端再度伸長並分裂為二，反覆幾次分枝之後，擴張為網狀，從左右包覆德雷薩。

美加子感到恐懼，然而她的身體更加僵硬，無法做出下一個動作。

觸手網完全包覆德雷薩之後，伸長的白色頭部前端突出來，彷彿朝向德雷薩內部的美加子。

前端綻裂，伸出巨大球形鏡片狀的東西，美加子直覺猜到這是眼珠子。

巨大的獨眼彷彿要看透一切般凝視著美加子。

——別過來！

這種不舒服的感覺，就好像被人穿著鞋子踏入內心。

她感到嫌惡，全身起雞皮疙瘩。

「不要！」

她使勁全力握住操控槽揮動。

光束刀拔出來了，硬生生劃破觸手網，順勢斜斜朝本體劈下。

看似堅硬的中殼宛若果實被切開般，輕易被斬斷。塔爾西斯人的身體被砍成兩半，從斷面噴出鮮血般的紅色液體。

美加子氣喘吁吁地飛走。

塔爾西斯人破裂之後，化作無數碎片飛散在黑暗中。

「美加子，不要緊吧！」

里美出現在螢幕上。

「……」

美加子無法回答。她切換畫面，看到德雷薩隊伍止在接近，隊伍前方單獨突出的一架機體似乎就是里美。

「反正還沒被母艦回收，我就無視命令趕來了。」

里美的臉強行出現在畫面上。

「謝謝妳，不過已經結束了。」

「剩下的兩個呢？」

「不知道，好像消失了。」

——消失到哪裡？

飛往不同軌道後，餘下的兩個塔爾西斯人似乎消聲匿跡。

「幸虧妳沒事，我們回去吧。」

「嗯。」

美加子表情仍舊僵硬地回答，然而就在此時，警鈴又響了。

『塔爾西斯人集體出現。德雷薩隊，緊急返艦！』

「怎麼回事？」

「別問我。這是命令，我們快回去吧。」

里美從螢幕上消失。在此同時出現的配置地圖上，綠點的隊伍正回轉返回母艦。

——難道要進行艦隊決戰？

「返艦！」

美加子下達指令，然後全身虛脫地靠在椅背上。

『距離塔爾西斯人群體還有一萬兩千公里。個體數一百以上，陸續增加中。』

——他們是從捷徑錨點出現的嗎？

——門打開了？果然有回程的捷徑錨點，但是我們無法自由使用。我們只會被引誘出來而已。

「美加子，不要拖拖拉拉的，這肯定不是我們能對抗的數量。」

里美再度切入畫面。

「要逃走嗎？」

「不知道，這是艦隊總司令決定的事。快點！」

美加子完全無法理解塔爾西斯人的行動，他們究竟要做什麼？

唯一想到的可能性，是他們收到剛剛被打倒的塔爾西斯人送出的報告，因此集體出動。

她檢視地圖，代表塔爾西斯人的紅點如雲朵般擴散，迅速逼近艦隊。群體的尾端則從空間中的一點不斷湧出。

根本無法對抗。

『艦隊將迴避接觸塔爾西斯人群體，即將進入超空間引擎跳躍。執勤中的所有德雷薩立即返艦。請盡快返艦。空間跳躍的跳出點將以暗號通知。各艦將空間跳躍的時間設定為一分鐘後。現在開始倒數計時。』

——我們的目的是要調查塔爾西斯人，但是一旦遭遇，卻要夾著尾巴逃離目標嗎？

美加子為己方矛盾的行為感到懊惱。

——如果不逃，或許就能完成任務了。

完成任務之後，就能獲准除役，恢復自由。

這是她求之不得的發展，然而現實沒有這麼簡單。

總之，即使違背艦隊的命令，她也做不了什麼。

處於殿後位置的美加子全速飛往里希提亞號。

經過三十秒，里希提亞號就在眼前。已經有兩、三架德雷薩處於待機狀態，等候母艦回收。只要排在最後面就行了，時間很充裕。

美加子將機身減速。

『警告！塔爾西斯人接近！』

機載電腦發出警告。

——怎麼會在這種時候過來！

明明已經消失的一個塔爾西斯人從背後逼近。

美加子以為目標是她，但並非如此。這個塔爾西斯人瞄準的是等待母艦回收的德雷薩。

——不行！

如果回收門遭到破壞，就無法使用超空間引擎進行跳躍。不，或許可以，但是在空間跳躍的同時會無法負荷，有可能造成致命性的破損。

——我必須阻止這種事情發生。

「追上去！」

她必須避免在母艦附近互相砲擊。

這麼一來，戰鬥手段就受到限制。

美加子繞到塔爾西斯人前方。

剩下的只有這招了。她抽出光束刀。

一刀砍下去，被躲開了。塔爾西斯人無視美加子，繼續逼近里希提亞號。

——不能過去！

美加子朝著從旁邊溜走的塔爾西斯人背上的甲殼發射繩索。命中了。她捲回繩索，縮短彼此距離，從背後砍下去。

這下子就無法閃躲了。

塔爾西斯人分裂為兩半，成為肉片飛散在虛空中。

「還剩幾秒？」

她連喘息的時間都沒有。

她望向里希提亞號，最後一架德雷薩正進入回收門。

無數光粒子冒出，包覆里希提亞號。超空間引擎開始運作，在大量光粒子環繞下，空間會瞬間扭曲，將船艦推送到遙遠的地方。

『剩下十二秒。』

「還來得及，我得加快速度。啊，我的郵件。」

美加子把手伸向置物箱。

「得趁現在發送……」

藉由超空間引擎跳躍到一至一點五光年外的地點，意味著從那裡發送的信要花上一年以上的時間才能抵達地球。

然而置物箱是空的。她環顧四周，看到手機飄浮在頭頂上的空間。她伸出手，但沒有摸到。

——阿昇……

——一年後，他還會等我嗎？

光粒子包覆中的里希提亞號，回收了美加子駕駛的德雷薩。

二〇四八年九月

階梯上

老實說，我感到迷惘，不知道今年夏天該如何度過。

看似有很多選項，但都欠缺臨門一腳。

即使不考慮這個問題，這個時期也不得不去思考自己的將來。雙親、老師和同學都逼問我：「你想當什麼？你想做什麼？」我當然不會有明確答案。基本上，我自己都不知道該做什麼……

光是這樣，腦筋就已經夠混亂了，我卻比其他人多一個擾亂思緒的重要因素。

那就是長峰美加子。

搞什麼，原來你是受到女朋友的影響，連自己將來要走的路都無法決定——或許有人會斥責我軟弱，然而，這個說法有雙重錯誤。

首先，長峰並不是我的女朋友。再者，長峰從來沒有要求我要怎麼做。

長峰是我滿要好的國中同學之一。

她獲選為聯合國宇宙軍的選拔隊員，國三那年夏天突然離開了。她說她要成為德雷薩駕駛員，踏上探索塔爾西斯人的旅途。國三女生做這種事感覺很荒唐，讓我不知該如何接受。如果說貓生了小狗，對我來說還比較真實一些。

唯一替這個愚蠢故事添加真實感的，就是我和長峰之間往來的好幾封、幾十封郵件。我們不是情人這類特別的關係，但不是情人卻彼此談論各種事情，或許可以稱得上是很特別的關係。

我是平凡的高中生，但是不論是在念書、吃飯、玩電玩、搭公車上學、和同學開些愚蠢的玩笑、從教室窗戶俯瞰操場發呆，內心的某個角落總是掛念著宇宙、塔爾西斯人與長峰美加子。

我當然也曾經覺得這是一種負擔。

我也曾經好幾次想要忽略長峰，覺得她與我無關。

然而，我無法抗拒從外太空寄來的郵件。

那是跨越時間與空間傳達的信。

處在完全不同的環境、懷著完全不同日的生活的兩人。

長峰的旅程仍繼續下去，兩人間的距離與時間隔閡將變得更大，然而奇妙的是，我對長峰的思念卻變得更強烈。

這樣的思念或許不是單純的喜歡，而是在替對方擔心。當長峰的通信中斷，這點變得更加明確。

長峰最後的郵件來自冥王星。

信的內容以長峰來說相當簡短，只告知她抵達了冥王星。

原本不到三天就會傳來一封的信，在那之後突然中斷了。

我難免感到不安，擔心她發生了什麼事，腦中閃過最惡劣的情況。

不安的預感猜中一半。

艦隊遭遇塔爾西斯人，發生小規模戰鬥後，透過超空間引擎跳躍躲避到距離一點一光年的地點。事件發生後過了四到五天，媒體才公布內容不明確的新聞。

關於小規模戰鬥中己方是否出現死傷，又花了三天才公開細節。

據說死了一人。

無數塔爾西斯人出現，艦隊和塔爾西斯人展開戰鬥，在戰鬥中出現死者——這一切都相當具有衝擊性。

我這時才意識到，長峰參加的計畫在執行具有危險性的任務，不禁感到驚愕。
長峰每天的生活都面臨危險！
不僅如此，那名死者該不會是……
想到長峰有可能是那名死者，我就坐立不安。
尤其長峰的通信中斷了，更加深我的不安。
不論如何，要等待一年以上才能確認長峰是否平安無事。
哪有這樣？結果已經出來了，我卻得束手無策地等待一年才能知道結果。
我不願去想長峰已死的可能性。
寧願相信她一定還活著。
要不然就太過分了。難道她做了什麼壞事？或者她只是運氣很差，如果她有一般人程度的運氣，或許就能和我一起進入城北高中，過著非常普通的高中生活。
無法收到長峰郵件的一年。
長峰生死不明的一年。
我沒有自信能夠保持平常心度過這一年。

雖然長峰並沒有確定死亡，但我內心好似開了一個洞，感到無比空虛，有好一陣子都提不起勁做任何事。

思念著長峰繼續等待，實在是太過痛苦。

或許有人會覺得我無情，但我決定盡可能不去想長峰。因為我無計可施。現在的我沒有克服廣大宇宙及時間隔閡的手段。

然而，在我試圖保持平靜的同時，世人在面對塔爾西斯人出現的報導後，卻變得越來越騷動。好久沒有消息的塔爾西斯人突然大舉出現在冥王星，他們會不會如同老套的科幻故事，一舉侵略地球？全世界當然都群起騷動。

然而實際上，當里希提亞艦隊消失，塔爾西斯人的群體也一下子就消聲匿跡，世界級的混亂暫時平息。情勢恢復穩定之後，又開始出現各種聲音，其中最大聲的主張是：「緊急強化地球規模的防護網！」

想到又有巨額的國家預算要投入聯合國宇宙軍相關項目，我不禁嘆息。

難道時代又要逆行？該不會要在「奢侈就是敵人」這樣的口號下，被迫過著簡樸的生活？我以為我們現在的生活已經夠簡樸了。

另一方面，雖然是極少數，但也有人批判聯合國宇宙軍及其下層組織的航宙自衛隊的封閉性，主張：「公開情報！」導火線是因為在接觸塔爾西斯人的過程中出現了死者。由於死者姓名沒有公布，選拔成員的家人彼此聯繫，原本未公開的隊員名單幾乎完整呈現。媒體發布的內容在國內引起些許議論：從日本選拔的兩百一十八名隊員都是女性，而且平均年齡為十八點六歲，幾乎都是未成年。

我從長峰的來信已經知道隊員組成。包括長峰在內，我當然也曾經對這樣的人選感到疑惑，現在透過媒體公開的實際狀況，讓我更想知道，如此異常的人選究竟有什麼樣的意義與必要性。

國會中當然也出現議論。面對在野黨的追問，防衛大臣或許是迫不得已地找藉口，做出這樣的答辯：「在設計德雷薩的時候，為了提升搭載工具的等級，必須減少內部空間。就結果來看，主要是因為身高因素，年輕女性的適性較高。而且根據近年來從外太空勞動者得到的大量資料，已有實證顯示，在封閉的外太空環境中，女性比男性具有更優異的抗壓持久性。在這方面，選拔基準也以女性為優先。」這樣的說法感覺滿虛假的。

隊員人選的話題雖然曾一度引起熱烈討論，不過很快就被防衛話題的大音量淹沒了。

我真正恢復平靜是在升上高中二年級之後。

我並不是完全忘記長峰，在心底大概還無意識地牽掛著她，可是，我已經習慣收不到信了。

後來塔爾西斯人沒有再度出現，因此喧騰一時的防衛意識也平息下來，世間逐漸恢復平靜。

平淡到幾乎無聊的高中生活中，出現一段插曲。

那是六月某日的放學後。我結束社團活動要回去時，不經意地打開鞋箱，發現那東西悄悄地被放在鞋箱裡。這是少女漫畫常出現的情節，沒想到自己竟然有幸成為當事人。白色的小信封上沒有寫寄件人與收件人姓名。我一開始感到瞬間的疑惑，但立刻猜到裡面是什麼。應該不會是決鬥書之類危險的東西。

我拿出信封，姑且左右張望，確定沒人在看，才匆忙將信封收入包包裡。

當我到家衝入房間、鎖上房門，立刻把信封從包包拿出來。
我把它端正放在書桌上，退後兩三步，從遠處盯著它思索該怎麼處理。
但我裝作不在乎的姿態只維持了三秒鐘左右。
再怎麼說，對於十七歲少年而言，這種樸素而純情的物品會發揮直接的效果，就如馬愛紅蘿蔔、貓愛木天蓼，我也不例外。
我急迫但慎重地用剪刀剪開信封，取出裡面的信。
信紙是淺粉紅色，和樸素的信封形成對比。
光是這一點就讓少年沖昏頭，日語解讀能力急速下降。我花了很長的時間，才掌握信中一行行文字所要表達的意思。
寄件人是名叫高鳥瑤子的女生。我對這個名字完全陌生。
一年A班，看來是學妹。
信中沒有寫「我喜歡你」之類的直接文字。
『明天放學後，希望你能撥一點時間給我。我會在生態小區旁的長椅等你。膝上放著赫瑟詩集的長髮女生就是我。』

次日，年輕人等不及放學時間的到來。
我本來也想要向同屬弓道社的一年級生收集情報，但可以想見事後一定會被拿來取笑，所以努力按捺心情，等候時間來臨。
信中提到的長髮女生果然坐在指定的生態池旁邊的木製長椅上等候，低頭看著赫瑟詩集。我走過去，正猶豫著不知該如何開口，她似乎察覺到有人而抬起頭。我原本對她的容貌不抱期待，此刻看到遠超出期待的臉孔，彷彿受到先發制人的攻擊般說不出話來。
「我好擔心你不會來。其實我從一百公尺外就發現學長走過來了……初次見面，我是高鳥瑤子。」
我一開始就被她的步調拉著走。
她並沒有說喜歡我，也沒有要求我跟她交往，然而，在她如同將我趕走般說著「不能妨礙學長練習」的時候，我們已經約好下次見面的時間。而且，我明明沒有說想借，她卻把文庫本的赫瑟詩集塞入我手中。

少年就這樣墜入陷阱，開始和高鳥瑤子交往。

這是典型的男女健全交往。

我純粹只是當她的護花使者，在她喜歡的場所一次又一次約會。

當然因為還有社團練習，我們能自由運用的時間不多。她簡直就像私人祕書般，每次都很俐落地運用手腕，擬出最能有效利用我們空閒時間的約會計畫。

譬如，可使用學生月票到達的市立美術館、圖書館、演奏廳等。她挑選的約會地點都是健康而低價的地方。這類公共設施和過去的我幾乎沾不上邊，老實說是我沒什麼興趣的無聊去處。但是，我完全被她的步調拉著走，因此甚至能夠享受這樣的無聊。

我不自覺地比較長峰和高鳥。

就年齡來看，長峰應該年長一歲，我卻覺得高鳥更為成熟。這也在所難免，畢竟我印象中的長峰一直停留在國三，彷彿被時間之流遺棄般停止成長。

高鳥瑤子雖然感覺很清純，說話方式和細微的舉止卻像個成熟女性。她的頭腦很好，身材高挑，容貌也不差——不，不僅是不差，而是可以明確評斷為美少女。

這樣的女生怎麼會看上我？我感到很不可思議。

根據她的說法，弓道社的二年級男生寺尾昇在女孩子之間滿受歡迎的，不過因為我給人的印象是難以相處的人物，個性冷淡且討厭輕浮的言行，不僅不和女性朋友說話，甚至也不太和男性朋友交談，因此追求我需要相當大的勇氣。簡而言之，就是被當成難以親近的人。

真是天大的誤會。

不過因為掛念長峰，我的確比較少和人往來，自己也知道別人以為我是個難以相處的傢伙。

高鳥反而對這種難以相處的個性產生興趣，因此主動接近我。

高鳥填補我內心的空白。

她融化我變得頑固的心靈。

我也不太清楚自己是否喜歡上高鳥。

但是，高鳥確實帶給我很普通的青春，這點我很感謝她。

然而我也會產生罪惡感，懷疑自己是否可以過這種快樂的青春。我原以為已經把長峰收入心靈角落的小盒子裡並上鎖，但我仍舊無法假裝沒看見。

長峰的存在，總是對我正要傾向高鳥的心踩下煞車。

如果徹底放手，我大概會被捲入高鳥的步調，跟她進一步交往，但總是有另一個冷靜的自己阻止我。

「寺尾學長，你築起了任何人都不能進入的高牆，但是總有一天，我會替你拆掉這座牆。」

我記得高鳥曾經以苦惱的眼神對我這麼說。

若用《北風與太陽》的寓言來比喻，雖然高鳥如此宣言並給予我太陽般溫暖的愛情，我卻違逆寓言的結局，變成更堅持豎起大衣領子的偏執旅人。真是的，硬撐也不是這樣搞的。

確知長峰生死的日子接近了。

我即將被只有我要面對的另一個現實喚回。

那一天我立下堅定的決心。

我不能在得知長峰的結果後，才決定是否要接受高鳥，這樣太自私了。就算問我為什麼，我也無法明確回答。

高鳥似乎看穿我的決心，當我告訴她，我打算翹掉社團練習跟她一起回去時，她像平常一樣開心地點點頭，然後露出有些寂寞的表情。

我們下了通學電車一走出車站，就下起九月淒冷的雨。我拿出摺疊傘，兩人一起撐傘。

高鳥無言地靠向我，她穿著換季前的夏季制服，袖子底下的手臂纖細白皙而顯得寒冷，偶爾碰到我的手臂，感覺柔軟又冰涼。

走到階梯坡前，我心想必須現在說出來。過了這裡，就得送她回家。

我停下腳步，朝她面前踏出半步，重新面對她說：

「抱歉，我不能再跟妳交往了。」

高鳥以快要消失的聲音說「我知道」，輕輕點頭。我把傘遞給她，自己跑進雨中。

我頭也不回地跑上水泥階梯。

階梯的盡頭有個令人懷念的東西。

那年夏天，我和長峰躲雨的公車站附設的鐵皮小屋候車亭。

上下學路線改變後，途中遊蕩的地點和搭檔也變了。這兩年我幾乎沒有經過這裡，但周圍的景色沒有任何變化，無用的小屋也只是增添兩年的風霜，依然矗立在原來的地點。

我感到鬆一口氣，跑進小屋裡。

這裡沒有其他人，也沒看到應該聚集在此的貓咪。

我坐在長椅上，扭乾濕淋淋的襯衫袖子，嘲笑自己的愚蠢，抬頭仰望天空，等待雨停。

在這裡待了二十分鐘左右，我突然聽到手機響了。

那是長峰的信結束一年的旅程寄到了。

雖然內文中途被切斷，但可以確定是在空間跳躍之後發送的。也就是說，長峰還活著。

我心中靜靜地湧起喜悅。

二〇四七年九月

天狼星

里希提亞艦隊進行空間跳躍到達的地點「天狼星線β」，是附近沒有其他星系的黑暗虛無空間。

美加子是在被母艦回收後運往機庫的德雷薩上，迎接空間跳躍的瞬間。

響徹全艦的倒數聲數到十的時候，所有主要電源都切斷，艦上變得一片漆黑。

搬運美加子德雷薩的貨櫃也在軌道上停下來。

為了安全起見，德雷薩內部的電源和母艦連帶地強制切斷，美加子獨自一人處在完全的黑暗中。

突然出現的塔爾西斯人，還有第一次實戰。

先前興奮的熱度還沒冷卻，美加子心跳劇烈，呼吸急促，膝蓋微微顫抖。

和戰勝的喜悅相比，直接面對塔爾西斯人的恐懼帶給她更強烈的衝擊。

被觸手形成的牢籠包圍時難以言喻的恐懼，光束刀斬下時肉體迸裂的鮮明觸感。此刻她完全沒有反覆練習後的那種舒適疲勞感。

——這不是社團活動！

美加子此刻才被迫體認到，自己被捲入非常危險的局面。

她孤伶伶地待在黑暗中，很想快點回到夥伴身邊，鉅細靡遺地傾訴發生了什麼、看到了什麼、做了什麼。她覺得只要說出來，就能讓此刻沉重的心情稍微舒緩一些。

在空間跳躍的瞬間，駕駛艙搖晃得很厲害，德雷薩內部處處發出高頻率的摩擦聲。她感受到不曾體驗過的不快感，好似每一顆細胞都被研磨棒磨碎。她同時也感受到整個身體好像要被拉起來吸入某處般的不可思議感覺。

僅僅數秒間，空間跳躍就完成了。

德雷薩內的電力恢復，載運德雷薩的貨櫃也發出喀唧喀唧聲動了起來，艦上廣播宣布空間跳躍結束。

艦上的機械設備順利地恢復原狀，然而隊員必須等候一些時間才能開始活動。難以言喻的不快感逐漸離去，但全身上下麻痺般的感覺和疲倦一直沒有消除，因此無法動彈。

——啊，我得告訴阿昇才行。

美加子設法扭轉身體，伸長手臂撿起掉在地上的手機。她的手指無法自由活動，因此沒辦法繼續寫信，只能勉強按下傳送鍵。

——能不能寄到呢？

或許是因為無法確定目前所在地，手機花了很長一段時間才顯示傳送所需的時間。

〈三百九十八天十三小時XX分XX秒〉

手機的顯示文字謙虛地表達出缺乏自信。

——阿昇都要升上高二了。

她心中湧起一陣寂寞。

美加子幾乎是用爬的下了德雷薩的駕駛艙，淋浴之後搖搖晃晃地回到自己的單人房，卻立刻被點名召喚。

召喚她的是艦橋。

包括美加子在內的德雷薩駕駛員居住區，以及以艦橋為中心的母艦操作人員居住空間嚴密隔開，雙方幾乎不會直接會面。

美加子雖然聽說過母艦操作人員有將近三十人，但從來沒有在艦上看過他們。這是她第一次接受艦橋召喚。當她得知召喚她的是比艦長位階更高的艦隊總司令，不禁大吃一驚。

前往艦橋的路途感覺比實際距離更漫長。

邀她進入總司令室的，是五十多歲的藍眼司令，吉柏特．洛可莫夫。美加子在影像中看過他好幾次，這是第一次實際見面，因此很緊張。

洛可莫夫司令以和藹的笑容迎接她，用流暢的日語說：

「長峰隊員，辛苦妳了。」

他請美加子坐下。

「多虧妳傑出的表現，我們收集到關於塔爾西斯人非常珍貴的資料。我由衷地感謝妳。」

他伸出厚實的手要和美加子握手，美加子也伸出手。

「我希望能犒賞妳的功勞。妳在艦上有沒有不方便的地方？有沒有任何想要、想吃的東西？」

聽到要給自己獎賞，美加子覺得好像被當作小孩子對待，無法天真地高興起來。

「與其給我東西，我更想要問問題，請您好好回答我。」

「妳問吧。」

司令坐到辦公椅上，端正坐姿回答。

「和塔爾西斯人作戰，是正確的選擇嗎？」

司令沒有立刻回答。

「塔爾西斯人是我們的敵人嗎？」

司令陷入沉思，然後開口：

「老實說，我也還不清楚。我們還沒有和他們溝通的方式。根據塔爾西斯遺跡出土的眾多遺物分析結果，沒有找到任何了解他們語言的線索。也就是說，他們或許沒有相當於我們文字的東西。」

「這麼說，我和他們戰鬥，或許是錯誤的。」

「不，終究還是得戰鬥，而且實際上已經出現傷亡者。如果不戰鬥，就會是我方被擊斃。」

「那麼，下次如果再遇到塔爾西斯人，還是可以戰鬥嗎？」

「要看狀況，不過妳們必須服從命令，是否要戰鬥由我來判斷。」

美加子深深點頭說：

「我懂了。服從命令就行了吧？」

這時，洛可莫夫司令改變語氣說：

「對了，有一件事想要問妳。戰鬥中，塔爾西斯人伸出了像觸手的東西包圍妳。那是某種攻擊嗎？」

「我也不知道，感覺不太像攻擊，但也可能是打算在那之後進行攻擊。被大眼珠盯著看，倒是覺得很不好意思，也很噁心。」

「被盯著看覺得不好意思……我知道了，搞不好他們也想要設法摸清我們的底細。嗯，謝謝妳。妳今天可以不用輪班，好好休息吧。還有，後天艦隊要進行大規模移動，利用捷徑錨點進行空間跳躍，目的地是天狼星系，距離地球八點六光年。如果有需要聯絡的對象，趁今明兩天聯絡吧。」

——距離地球八點六光年！

單是聽到這個消息，就讓美加子幾乎暈眩。

阿昇：

我目前人在距離地球一點一光年的地方。

你現在應該升上高二了吧？

昨天的信收到了嗎？那封信寫得沒頭沒尾，真抱歉。不過你大概也知道，我為什麼會沒有預警就一年以上音訊全無吧？

沒錯，塔爾西斯人突然出現了，而且超空間引擎跳躍是臨時決定的，我沒有時間寫信。

昨天的信是因為想先讓你知道我沒事，所以在空間跳躍後立刻把寫到一半的信寄出去。

不過你一定很擔心吧？對不起。

或者你會不會等得太久，早就把我給忘了呢？

總之，我活得好好的。

今天我有一件重大的消息要跟你說。

艦隊明天又要進行空間跳躍。

這次要使用捷徑錨點，跳到非常遠的地方，那裡距離地球有八點六光年之遠。

我真的要到很遠很遠的外太空。

用比較好懂的方式說明，就是今後彼此寄出的信要等八年七個月才能送達。我們就像是，被拆散在外太空與地球的戀人。

下一封信寄到的時候，你已經二十四歲了。

不知道你還會不會記得我。

就這樣，晚安。

覺得自己是悲劇女主角的美加子

二〇四七年九月　天狼星

里希提亞艦隊進行空間跳躍後，隊員們見到的是令他們莫名懷念的景象。炙熱的紅色太陽，以及繞著它公轉的眾行星。

在找到捷徑錨點後的預備調查階段，已經知道名為阿加爾塔的第四行星與地球環境相當類似。

在空間跳躍前夕，包括美加子在內的全體德雷薩駕駛員被召集到餐廳，接受關於阿加爾塔調查計畫的簡單說明。

短期計畫是全阿加爾塔的地表探測，調查該行星上是否留有塔爾西斯文明的痕跡。長期計畫則是在該行星上建立據點，做為飛往更遙遠的宇宙調查塔爾西斯人的踏腳石。

然而這只是調查計畫的大綱，調查期間要視調查進展來決定。

空間跳躍後，艦隊立即前往阿加爾塔的衛星軌道。

花了半天拍攝衛星照片之後，依據照片繪出精確度高的地圖。

接著以地圖為依據，劃分出各艦負責調查的範圍。各艦又組織調查隊，將調查範圍細劃分為格子狀，公告各隊員分配到的區域。

降落地面調查的德雷薩與留在艦上的德雷薩各為一半，以十二小時為一班輪替。輪到地面調查的隊員十二小時都用來執行調查活動，留在艦上待命的隊員則分配時間休息與等候緊急出動命令。雖然沒有明確公布調查期間，不過如果能順利依照時間表進行調查，應該在一個月內就可以將所有格子狀區域探測完畢。

十艘船艦降落散開，分別前往各自負責的區域上空。

接著各船艦派出調查第一天、第一班約五十架的德雷薩，依序降落地面——

成功突破大氣圈，看到腳底出現地面景象時，美加子感覺鬆一口氣。

那是好久沒有看到的綠色。

阿加爾塔的大地完全被綠色覆蓋。

自從被強制收容到月球表面營地之後，她一直在金屬與黑白色調中生活。在太陽系中，不論停留在哪一顆行星或衛星，都沒有看到感覺有生命活動的色彩。

美加子看到阿加爾塔的綠色，才深刻感受到這一年又幾個月當中，她都生活在乾涸的環境中。

低空飄浮著細長的白雲，從雲層縫隙間可以瞥見覆蓋地面的黃綠色草原以及深綠色的森林。隨著高度下降，地面的情況變得更為明朗，有山岳、丘陵、溪谷、河川，還有映照陽光的湖泊。

同時降落的五十架德雷薩到達距離地面一千公尺的高空時，像是開傘般往四面八方散開。

美加子和負責鄰近區域的五架僚機組成編隊，飛往目的地。

在低空也見到看似鳥類、成群飛過的生物。

那是令人感動的景象。

在地球以外亦有充滿生命的星球，而自己身為第一發現者，正親眼目睹這樣的景色。

當各自負責的區塊接近，德雷薩便解除編隊飛行。

美加子變成孤伶伶的一個人。

她降落在地面，周圍是地形起伏和緩的草原地帶。

德雷薩站立在大地上，從它腳下的草原竄出許多受到驚嚇的小動物，在陽光下顯現瞬間的身影，然後又立刻鑽入草叢中，消失得無影無蹤。

美加子負責的格子狀區塊是邊長約一百公里的正方形，範圍比她想像的還要遼闊。如果認真探測，根本不可能趕上進度。

然而美加子還是依照命令，開始進行步行調查。

德雷薩踏在大地表面，一步一步行走。

在月球表面基地反覆練習的基本動作，沒想到會在這種地方派上用場。

周圍是一望無際的草原，即使想要尋找塔爾西斯人的痕跡，感覺也不可能存在。

無聊的行進開始了。

——痕跡是什麼樣的東西？

在製作地圖的階段，就已經確認沒有地面上的建築存在。

美加子自己操作了兩個小時左右，就改為交給機載電腦。

她再度感受到這裡的風景真的很像地球。

然而，真正的地球不可能會有這樣的風景。

阿加爾塔星的大自然是完全沒有遭到破壞的自然景觀。阿加爾塔的大地充滿著生命。然而，這裡感覺不到有任何顯示智慧生命存在的氣息。

由於這項決定性的差異，美加子反而懷念起地球上熟悉的景象。

她又走了兩小時左右。

草原沙沙地騷動起來。起風了，烏雲遮蔽天空。

美加子停下德雷薩的腳步。

——啊，下雨了。

宛若夏季陣雨般大顆的雨滴從天而降。

被雨打濕的德雷薩呆立在原處。越下越大的雨改變了地面的色彩。陽光像聚光燈般從雲層間灑下。

美加子仰望天空，眼中泛起淚水。

——好想淋雨。

——好想去便利商店一起吃冰。
美加子閉上眼睛，像要一股腦兒吐出一直壓抑的話。
——阿昇，我好想見你！
淚水滑落臉頰，沾濕了制服的裙子。

二十四歲的阿昇，你好。
我是十五歲的美加子。
我現在也還是好喜歡、好喜歡你。

美加子懷著祈禱的心情按下傳送鍵。
——拜託，一定要寄到。
被帶走之後，她日夜投入訓練，光是完成課題及學習技術就耗盡心力，沒有時間回顧自己的狀況。不，她是刻意逼迫自己專心苦練，不去正視難以接受的不合理現狀。

但是，已經到達極限了。

美加子哭了出來，盡情地哭泣。

一年當中都沒有流過的淚水，此刻源源不絕地湧出並掉落。

她哭到眼淚乾涸，哭累了便虛脫地靠在座位上。

這時她忽然感覺到有人的氣息。

——誰？

張開眼睛的瞬間，刺眼的光線射入眼中。

好幾個影像瞬間掃過視網膜。

高樓大廈的住家、穿著劍道服的自己、在平交道等候貨運列車駛過的自己、無人的教室、雜亂的書桌、黑板上寺尾昇和長峰美加子在情人傘下的塗鴉、坐在阿昇腳踏車後座的自己、在搖晃的公車上假裝打瞌睡而靠在阿昇肩膀上的自己……

每一幅都是收藏在心中相簿裡、無法忘記的懷念影像。

但是有人在偷看，用大眼睛在偷看。
她眼前瞬間浮現塔爾西斯人的身影。
美加子猛然抬起頭。
她在草原上，和某個人面對面飄浮著。
眼前的人是稍微年幼的自己。
「妳終於來到這裡了。」
年幼的美加子溫柔地說道。
「成為大人會伴隨著痛苦，不過你們一定能夠到更遠的地方，甚至到達遙遠的銀河盡頭……所以，跟我來吧，我想要託付給你們。」
美加子露出悲傷的表情，像小孩子鬧脾氣般不斷搖頭。
「可是我只想要見到阿昇……我只想要告訴他，我喜歡他……」
淚水明明已經哭乾，卻又湧出來。
美加子趴著哭泣。她在無人的國中教室裡趴在桌上哭泣。
夕陽照進來，將教室染成紅色。

「不要緊，一定能夠再次見面。」

這回輪到變成大人的美加子溫柔地安慰趴著哭泣的美加子。

成為大人的美加子說聲「再會」之後轉身。她回頭，看到兩個美加子被鐵路和平交道阻隔。美加子想要追上去，柵欄便降下來，JR貨運列車駛過眼前，前方已經空無一人。

平交道和鐵路不知何時都消失了。

眼前是阿加爾塔的草原。

雨已經停止，草原的草葉閃耀著生意盎然的色彩。

——剛剛那是什麼？是夢？我打瞌睡了嗎？

如果是夢，未免太過真實。

——妳真的是塔爾西斯人嗎？為什麼要對身為敵人的我說話？

美加子驚覺過來，環顧四周。

德雷薩站在大地裂縫的崖邊。

——我什麼時候來到這種地方？

她讓德雷薩像是俯身般彎曲身體，俯瞰懸崖下方。

「這是什麼？」

這很像是她在某處看過的景象。

——對了，是塔爾西斯遺跡！

一模一樣的住居遺址像是依附在懸崖上，層層堆疊。

——找到了！既然在阿加爾塔，就應該叫阿加爾塔遺跡吧？

她想要立刻報告，正打開通信迴路，卻反而響起呼叫美加子的警報。

『塔爾西斯人出現，塔爾西斯人出現！』

螢幕迅速切換為任務地圖。

『塔爾西斯人出現在各地，攻擊調查隊。通告全體隊員，立即應戰。』

——為什麼？這就是妳所說的痛苦嗎？

有物體從天空急速降落。

它刺入約一公里前方的地面，冒起巨大的火柱。

——為什麼非得要交戰不可呢？

美加子用手背擦去眼淚，表情出現變化。
她換上戰士的表情。

二〇四八年九月

阿昇的房間

長峰的第二封信是從太陽系邊緣寄達。

我們就像是，被拆散在外太空與地球的戀人。

我不禁停下按按鈕的手。

不知算是巧或是不巧，對於剛甩掉（？）高鳥的我來說，這樣的內容太過沉重。

才過一年，就變成這樣的局面。

我無法立即想像八年七個月代表什麼意思。

長峰本人應該也沒有事先聽說這趟旅程會如此漫長。

這是詐欺、行騙、擄人、暗算。可惡，太可惡了。

這股怒火應該對誰發洩？

我能做的，就是和長峰共有這股怒火。

然而更殘酷的是，等待一年好不容易收到信後，我卻無法回信。

我只知道長峰已經不在先前空間跳躍到達的太陽系邊緣，卻不知道她是否還在下一個目的地的天狼星系。

我必須等到八年七個月後，收到長峰從天狼星系寄出的信，才能再寄信給她。然而到那時候，長峰或許又已經到了完全不同的地方。

到頭來，在和長峰的通信中，我成為只能等待收信的一方。

我思考過，在這八年數個月當中，即使只是暫時也好，長峰是否有可能回到地球。超空間引擎應該已經不能使用了，如果用亞光速引擎，不論如何有效加速到接近光速，都要花上幾乎兩倍的時間。

另外的可能性，就是很幸運地找到回程的捷徑錨點。然而長峰過了一年仍舊沒有回來，或許代表著還沒找到從天狼星返回的捷徑錨點。不，就算找到了，長峰也可能因為高層的判斷而得繼續服役，無法回來。

除了等待以外，我還能做什麼？

時間太過充裕。

我應該訂立明確的目標，朝著目標努力。

不要再無意義地敲打絕對不可能開啟的門扉。

我下定決心，緊緊封閉心靈，獨自成為大人。

二〇五六年三月

防衛大學學生宿舍

時間過去之後，會覺得八年彷彿一轉眼就晃過。

我不再痴等長峰的信，而是摸索自己該走的道路，做出選擇。

不過，我並沒有忘記長峰。

我仍舊持有當時使用的手機，並且繼續使用。

說是使用，其實是當作長峰專用的手機，它沒有真正響起過。

不過我還是定時充電，也沒有忘記辦理更新契約的手續。

所以如果一切順利，在這兩、三天當中，應該可以收到長峰的來信。

此刻，我在度過六年的大學學生宿舍房間內，沉浸在有些幸福的心情中發呆。

春天柔和的陽光照入室內，風雖然還很冷，但是我把窗戶完全敞開。

三坪大的單人房感覺格外寬敞。

我回顧六年前，剛進宿舍的時候是這樣嗎？

搬家公司不知是怎麼搞錯的，昨天提前一天過來，把我還在收拾的私人物品全都塞入箱子，不由分說地搬走。

所以房間裡空無一物，連棉被都被收走，昨晚我只好分別向幾個學弟借多餘的棉被與毛毯才總算度過。我可以待到這個星期結束，但也沒必要勉強待著。

留在房間裡的是裝了衣物的旅行袋，以及掛在牆上的聯合國宇宙軍制服。這些是我從搬家業者手中搶回來的。只有這些，我絕對不希望和搬家行李混在一起。

今年春天，我就會成為通訊技師，到艦隊工作。

我相信高二時選擇的出路沒有錯。

當時航宙自衛官的工作不像現在這麼熱門，不過要考上防衛大學仍舊是道窄門。我能夠考上，大概是拚命用功的結果。儘管如此，我也沒想到自己可以直接到艦隊工作。就組織來看，航宙自衛官的確隸屬於聯合國宇宙軍，但是要進入艦隊工作卻是超級窄門。

我考上工學院通訊系，一路念到研究所。

今後雖然也可以選擇留在大學做研究，但我還是選擇了實務工作。因為這是我的初衷。

因為長峰，我對宇宙產生興趣。

這樣的說法聽起來很帥，卻是謊言。

十六、七歲年輕人的行動原理勢必是更為單純，而且難以啟齒、難為情的理由。

沒錯，我是為了與長峰重逢而選擇這條路。

這不是喜不喜歡的問題。

我也沒打算見面後要做什麼。

我想要見到她、確認她沒事，以實際行動告訴她，我並不是只會等著收信。就這麼簡單。

還有，如果能夠成真，我也想要問，即使過了九年，我們是否還能夠像國中時那樣，共同擁有某樣東西。

……話說回來，這只是我單方面的願望，長峰或許已經忘記我了。就算這樣也沒關係。

基本上，即使同樣隸屬於聯合國宇宙軍，我也未必能夠見到長峰。不過，等到第一次塔爾西斯探測隊的報告出來，應該不久後會組織第二次塔爾西斯探測隊。雖然不是從確實的管道得知，但我掌握到這樣的小道消息。

而且，我不是沒有想過永遠無法相見的可能性。

有傳聞說：「星際宇宙戰艦上載有冷凍精子和受精卵。」

當然是人類的。

這代表著第一次探測隊的選拔隊員沒有勤務期限。直到確認塔爾西斯人的住處為止，一輩子都不用回來了。

不僅如此，還要跨越好幾代，在達到目的前持續探測旅程。因此，為了生出下一代的隊員，才會挑選年輕女性做為選拔成員。

這實在太誇張了，完全無視人權。

然而現在是非常時期，即使這個傳言是事實並且公諸於世，大概也只會引起一時的輿論反彈。

長峰有可能已經在某個星球上成為母親，正在養育兒女。雖然不願想像，但我必須考慮這個可能性，做好冷靜接受事實的心理準備。

不過，第二次探測隊如果基於同樣的目的也都選擇女性組成，那麼，無論如何都不可能讓我加入。我曾經一度想要接受變性手術，可是如果無法生小孩也沒用，所以我立刻放棄這個念頭。

不管怎樣，相較於在地球上渾渾噩噩度日，當上航宙自衛官應該更有機會重逢——年輕小伙子的想法就是這麼單純。

如果要說這六年來我的想法都沒有動搖過，那就是謊言。

我也曾經想過，當一般上班族或許不錯。

但總之，我已經走到這一步。

我很感謝長峰。

雖然不急，不過我預定今天回老家。

至少在上午時間，我想要待在這裡悠閒度過。

正當我準備出門時，手機響了。

二十四歲的阿昇，你好。

我是十五歲的美加子。

這封信只有短短兩行。
剩餘的部分因為雜訊而無法辨識。
不過光是寄達這一點，我已覺得是奇蹟。
美加子的思念跨越遙遠的時間與空間，傳送到我這裡。
十五歲的美加子想要對我說什麼？
現在二十四歲的美加子，在什麼地方做什麼？
還有，她在想什麼？
我迫切地想要見到她。

二〇四七年九月

阿加爾塔

螢幕上不斷出現遭受襲擊的資料。

球狀地圖上顯示的綠點，代表分布在阿加爾塔全區的五百名調查隊員、五百架德雷薩的所在位置。幾乎相同數量的紅點陸續出現，與綠點重疊。

交戰的地點以四方形框起來，標上數字。這個數字轉眼間就跳到十位數，沒多久又攀升到百位數。

警報響起。

來自天上的一擊之後不到幾秒，一個塔爾西斯人朝美加子襲來。

「在哪裡？」

她仰望天空。

銀色的塔爾西斯人穿破雲層，急速降落。

「為什麼？我不懂，不懂啊！」

美加子咬緊牙關，開始戰鬥。

她把推進器開到最大，德雷薩從草原垂直上升。

與此同時，她朝上空發射八枚飛彈。

塔爾西斯人像是要掃蕩前方般，射出紅色光束。

四枚飛彈被紅色光束射穿，一下子在空中分解。

剩餘四枚立即散開，躲避光束。

「命中吧！」

在這當中，美加子將德雷薩上升的軌道轉為橫移，對準敵對的塔爾西斯人預測經過的地點發射火神砲。

塔爾西斯人也沒有坐以待斃，掃蕩飛彈後又把光束對準德雷薩。

德雷薩的感應器瞬間感應到光束，張開電磁防護罩。

在光束射到的同時，防護罩表面閃電四竄，光芒驚人。

螢幕畫面瞬間大幅扭曲。

「沒關係，撐得住！」

第一波攻擊擋住了。

她回頭看幾乎降到同樣高度的塔爾西斯人。

對方躲過剩餘的四枚飛彈，也閃躲了無數砲彈。

「這次一定要命中！」

美加子停止加速上升，朝下方射出第二擊。

塔爾西斯人轉為上升，再度發射光束。

穿越密集的砲彈後，塔爾西斯人繼續上升。

「命中了嗎？」

防護罩上強烈的閃電光芒使美加子看不清楚。

當視野變清楚時，塔爾西斯人已經上升到遙遠的高處。

警報又響起。

『軌道上出現塔爾西斯人群體！德雷薩部隊，結束地面戰之後，立刻支援各所屬母艦！』

美加子盯著螢幕。

數量驚人的大批塔爾西斯人在地圖上顯示為紅色塊狀。

散布在阿加爾塔公轉軌道上的各母艦為了準備艦隊決戰，開始集結到里希提亞號周邊。

「我得趕快才行！」

她檢視地面戰地圖。

結束戰鬥的區域出現打叉的符號，敵我受損狀況成為無情的數字羅列出來。

「德雷薩部隊　二十三」的數字在她眼前增為二十四。

——這代表大家都被擊敗了嗎？

塔爾西斯人方面的數字是十九，而且尚未掌握他們的總數。

地面戰地圖上的紅點看上去不減反增。

難道是從地面某處的基地源源不絕地送出支援部隊嗎？

「不能拖拖拉拉的！」

美加子追著塔爾西斯人上升。

穿越低空的積雲後，地面情況便可一目了然。

草原、森林原野、空中。

視野範圍內，有十幾處升起硝煙。

——太過分了！

她心中湧起難以言喻的憤怒。

——這哪裡是探測隊？簡直是來打仗的！

美加子全速追逐塔爾西斯人。

——動作不太對勁。

塔爾西斯人的速度降下來。

她積極追上，緊貼在後方。

銀殼的某部分可以看到紅黑色的彈痕。

——原來打中了。

塔爾西斯人為了甩開她，開始急速下降。

美加子也立刻回轉下降。

她從對方背後射出火神砲。

砲彈擊中銀殼突起的部分，將之折斷彈出去。

塔爾西斯人失去平衡，螺旋墜落。

——還沒結束！我不會讓你逃掉！

美加子追上去。

下方出現湖面。

在墜落前的瞬間，塔爾西斯人恢復平衡，擦著湖面水平飛行。他想要上升，但機首無法朝上。

塔爾西斯人衝入湖畔的森林。

撞倒多棵高大的樹木後，塔爾西斯人終於崩倒般地停止動作。

追上來的美加子把塔爾西斯人踩在腳下。

「抱歉了，這是最後一擊。」

她高高舉起光束刀，刺入銀殼中。

拔出刀時，鮮血高高濺起。

「得快點回去！」

美加子沒時間休息又起飛了。

她在地圖上確認母艦里希提亞號的位置，持續急速上升。

艦隊集合完畢，以旗艦里希提亞號為中心，組成扇形陣形。

美加子穿越平流層，不只在地圖上，也能透過機載攝影機的影像看到艦隊。結束地面戰的僚機陸續朝母艦集結。

「美加子，原來妳沒事。」

切入螢幕中的是里美。

「啊，里美。妳在哪？」

美加子在縮到旁邊的地圖上尋找。

「我早就回來護衛里希提亞號了。算我運氣好，我負責的區域沒有遭到攻擊。」

旗艦里希提亞號周圍的綠點之一閃爍，顯示里美的位置。

「其他人呢？」

「現在不能告訴妳。犧牲者當中也有認識的人，不過現在別問我是誰。即使我告訴妳，搞不好我也馬上會成為犧牲者之一。聽好，現在別去想多餘的事，集中注意力專心戰鬥，只要想著如何存活下來。等到戰火結束，如果妳還活著，第一個就要呼叫我。」

「里美……」

里美試圖擠出笑臉，但她的眼睛沒有笑。

「敵人從下方陸續出現，馬上會變得很忙。」

就如里美所說，地圖上出現好幾個從地面上升的紅點。

「我們得保護里希提亞。」

「嗯。」

「那就祝妳好運啦！」

里美僵硬地眨了眨眼，從螢幕消失。

美加子不想待在這種地方。她想要立刻逃離這裡。

她想要立刻飛回地球，見到阿昇。

想要面對面向他說：「我喜歡你。」

——為什麼當時說不出口？

——國中的時候，明明有那麼多機會……

——為什麼會演變成這種狀況？

現在就想要說出來。

告訴他：「我喜歡你。」

趁還活著的現在。

——我得活下去。

——直到我的思念跨越時間與空間，傳送到阿昇那裡。

——直到美加子十五歲的思念，傳達給二十四歲的阿昇。

『警告！』

機載電腦發出警告，把美加子拉回冷酷的現實。

『塔爾西斯人由下方接近。三機編隊，距離八〇〇。』

美加子檢查火神砲的剩餘彈數。

她也檢查了飛彈的剩餘數量。

「只能盡人事聽天命了。」

美加子將德雷薩反轉。

艦隊決戰靜靜地揭開序幕。

塔爾西斯人群體以悠然的步調組成陣形，朝艦隊接近。

大塔爾西斯人比星際宇宙戰艦稍小，平板的紡錘形外觀和星際宇宙戰艦很像。銀色光亮的表面類似塔爾西斯人的外殼，其上長出不規則的刺狀突起。

大塔爾西斯人的數量接近五十。

所有大塔爾西斯人都朝向艦隊，緩緩縮短距離。

彷彿要把對方誘入有效射程般緩慢。

當距離接近到一定程度，依附在大塔爾西斯人表面的塔爾西斯人個體同時分離並散開到周邊。

艦隊方為了對抗，也把在艦內待命的德雷薩隊一舉投入到戰場。

猛烈的空中戰在雙方陣營的周邊展開。

塔爾西斯人數量的優勢直接反映在戰況，從一開始就占據上風。

德雷薩隊全都背對母艦，在戰鬥中屈居守勢。

塔爾西斯人個體並沒有占優勢的武器，只以紅色光束戰鬥。德雷薩搭載的電磁防護罩是有效的盾牌，但持續受到攻擊，防護罩也會被攻破。

德雷薩受到好幾個塔爾西斯人包圍，他們集中發出光束，德雷薩一架接著一架沉入暗黑之海。

塔爾西斯人方面保持優勢，雙方持續消耗著。

用盡砲彈的德雷薩暫時退到回收門接受補給，然而輪流補給也逐漸變得困難。這是因為守護回收門的德雷薩數量逐漸難以維持。

全面開戰之後過了一小時，艦隊方已經完全失去輪流補給的餘裕。進行最後一輪補給後，回收門就只能用來收容已無法戰鬥的德雷薩。

美加子進行了最後補給。

控制姿勢的氣體筒、砲彈、飛彈、急速電池充電——俐落地結束這些裝備的交換補給後，她沒時間休息又從彈射器飛出艦外。

彈出的瞬間，她覺得很想吐，臉孔不禁扭曲。

她感到呼吸困難，手伸向衣襟鬆開制服領帶。連續的極度緊張狀態，使她無法正常呼吸。不論怎麼吸氣，氧氣都沒有到達肺部。

「還有多少？」

美加子環顧四周。

密密麻麻的銀殼在蠕動。

她只計算到自己打倒十個塔爾西斯人，在那之後就不記得了，不過應該還沒有超過二十。

這已經是王牌等級的表現。

然而，即使美加子一個人很努力，也無濟於事。

塔爾西斯人似乎完全沒有減少，讓她感到無力。

沒有盡頭的戰爭。不，盡頭已確實接近了。當最後補給的砲彈全數用完之後，美加子的戰鬥就結束了。

——總司令，這次不逃嗎？

美加子也知道，捷徑錨點和艦上的超空間引擎都已無法使用。他們無處可逃，也沒有人會來救援。

——難道要戰鬥到最後一兵一卒，讓塔爾西斯人見識到人類的驕傲？

她不懂司令在想什麼。

她不懂這種戰鬥有什麼意義。

美加子飛了出去。

守護里希提亞號的德雷薩數量已經激減到少於五十，其他母艦面臨的應該也是類似狀況。

美加子離開里希提亞號，來到戰鬥的最前線。

塔爾西斯人集合起來攻擊她。

美加子射出飛彈和火神砲後，立即逃離現場。

當她轉向里希提亞號的瞬間，星空出現驚人的強烈光芒。

對峙的母艦與大塔爾西斯人以主砲互擊。

美加子忘記戰鬥，出神地望著這幅景象。

塔爾西斯人方的最前線與艦隊的九艘母艦幾乎是一對一，雙方射出高能量的光束。塔爾西斯人射出的紅色光束與艦隊射出的藍色光束在中途撞擊，爆發出巨大的火花。兩方射出的光束彷彿在較量力氣般，互不相讓。

在持續射出光束的同時，大塔爾西斯人的隊伍組成並列的陣形逼近艦隊，雙方的距離迅速縮短。

——會變成什麼樣子？

塔爾西斯人究竟要做什麼？

難道要縮短照射距離，把光束的輸出損耗降到最低？

令人不敢置信的景象正在眼前展開。塔爾西斯人持續接近，把距離縮短到逼近零。從遠處看，敵我雙方的船艦前端貼近，彷彿合體了。射出去的光束竄流到對方表面，像是包裹住對方。

這幅景象太過可怕。

到這個地步，雙方都無法動彈，其他船艦也無法從旁接近，先耗盡力氣的一方大概會受到致命的打擊。

首先被打敗的是塔爾西斯陣營中的一個。

巨大的身體表面綻放出眩目的光芒後，好似被灌入空氣的氣球般膨脹，然後化作無數光粒子灑在黑暗的空間中。

在別的衝突場所也有其他大塔爾西斯人遭到爆破。

——好厲害，艦隊占優勢！

然而，就像填補公車的空位般，塔爾西斯方又出現在背後等待出場的大塔爾西斯人。塔爾西斯陣營還可以繼續補充戰力。這是可怕的消耗戰。如果撐不下去，一整艘母艦都會被消滅。

這是捨身攻擊。

然而，塔爾西斯人究竟有什麼理由要做到這種地步？

大塔爾西斯人一個接著一個被消滅。照這樣發展，艦隊方有可能逆轉勝。

——有可能會贏！

原本以為絕望的這場戰鬥中，出現一絲逆轉的可能性。

——好，接下來只要守住里希提亞號就行了。

美加子再度飛往最前線。

她費了一番功夫，擊倒兩個塔爾西斯人後離開，局面已經大幅改變。

塔爾西斯陣營的替補只剩下最後幾個。這倒還好，但艦隊方的情況有點奇怪。

不論是哪一艘母艦，原本應該是白色的表面都變成灼熱的紅色。耐熱裝甲似乎已經達到極限。

——拜託，撐住吧！

美加子的祈禱沒有如願。

一艘星際宇宙戰艦終於開始融解。

表面的耐熱裝甲融解剝離，瞬間冒出火焰，然後迸發強烈的光芒，以驚人的氣勢爆炸。

「啊，沉下去了！」

惡夢的連鎖發生。

已經達到臨界點的隔壁母艦被飛散的碎片打中而爆炸。

「啊，艦隊都沉下去了！」

排成一列的艦隊宛如骨牌般依序爆炸，不到一分鐘就全數崩壞消滅。

光之洪流停歇的時候，寂靜的空間中只剩下敵方的一個大塔爾西斯人，以及待在後方沒有受損的里希提亞號。

旗艦里希提亞號失去前方護衛，赤裸裸地與對方面對面。

大塔爾西斯人毫不躊躇地前進，大概是要固執地發動同樣的攻擊。

——里希提亞號也會被擊毀。

——不行，已經夠了，太過分了，大家都會死啊！

美加子在哭泣。

她邊哭邊接近里希提亞號。

——我必須守護里希提亞號！

美加子飛到里希提亞號的上方甲板，正對著由正面接近的大塔爾西斯人。

她擦拭淚水，調整呼吸等候。

里希提亞號伸出並列於左右船舷的光束砲砲塔。

幾乎在同一時刻，里希提亞號的所有砲口都射出光束，大塔爾西斯人也射出光束。

美加子啟動推進器。

她朝著最後的大塔爾西斯人疾速前進。

塔爾西斯人個體察覺到美加子的突襲，紛紛阻擋她的去路。

美加子發射所有飛彈與砲彈，掃蕩眼前的敵人。

她鑽過大塔爾西斯人射出的光束波，用光束刀全數擊斃躲過飛彈或砲彈的塔爾西斯人個體，以驚人的運動能力與反射神經逼近大塔爾西斯人。

然而美加子也不是毫髮無傷。

敵方的應戰也相當激烈。她一再被塔爾西斯人個體阻擋去路並遭光束攻擊，終於被突破防護罩。下一瞬間，德雷薩的一隻手臂便被扯掉。

她失去平衡，差點要失控打旋飛出去，不過她擺脫單側已用完的飛彈發射器，重新恢復平衡。控制姿勢用的氣體殘餘量已經快要見底。

——這個不需要了。

她把無法再使用的電磁防護罩用電池組也丟掉。

將不需要的東西一一捨棄後，德雷薩變輕，減少了操作的負擔。

大塔爾西斯人已經逼近到眼前。

沒有人擋住她的去路。

美加子僅留下正面螢幕與機載電腦的電源，一一關閉機內電源。

瞬間的寂靜降臨。

駕駛艙內一片黑暗。

——就是現在！

她輸出最大功率，把光束刀伸到最長。

她把光束刀壓在大塔爾西斯人的前端，將推進器開到最大，切開大塔爾西斯人的銀色背部。

當她縱向切斷巨大的身體、砍至尾巴的噴射口，推進器的燃料就耗盡了，供給光束刀的電力也已經用完。

德雷薩只憑慣性，自大塔爾西斯人身旁脫離。

後方發生爆炸。那是最後一個大塔爾西斯人消滅的瞬間。

德雷薩幾乎喪失所有功能，無法攻擊、防禦和移動，以失去一隻手臂、令人心痛的姿態孤寂地飄蕩在宇宙中。

美加子筋疲力竭地靠在椅背，閉上眼睛。

——阿昇，我活下來了。

閉上的眼睛湧出淚水。

二〇五六年三月

埼玉航宙自衛隊基地

我在計程車中陷入混亂。

有各種理由讓我感到混亂。

半夜被召喚出來。

距離艦隊勤務的開始明明還早。

家人抱怨我才剛回到家又要出門。

而且，目的地不是位於東京的聯合國宇宙軍日本分部事務局，而是埼玉航宙自衛隊基地。

更重要的是節目中插入的新聞快報。

據說在天狼星發生戰鬥，里希提亞艦隊與塔爾西斯人的軍隊發生全面衝突，最後里希提亞艦隊雖然獲得勝利，但也造成大量死傷。

這是從行星阿加爾塔傳回的第一份消息，因此情報錯綜複雜。

我想知道詳細資訊，一直盯著新聞節目，就在此時接到召集的命令。我在計程車中也繼續聆聽廣播新聞。

我最在意的是「造成大量死傷」這部分。根據後續報導，母艦中只有里希提亞號沒事，剩餘九艘都被消滅了。我的心情一下子跌落到谷底。

白天才剛剛收到長峰寄來的信。

正式的生存者名單尚未公布。基本上，就連選拔隊員名單都沒有公布過，因此即使聯合國宇宙軍得到通知，或許也不會對大眾公開。不過從生存隊員各自寄出的信，也可以收集到情報。

就這樣，各家媒體自行調查，開始發表生存者名單。

我豎起耳朵，但還沒有聽到美加子的名字。

我也很在意手機沒有響這件事。

不過美加子的母艦是里希提亞號，讓我稍微感到慰藉。

抵達基地後，我被帶到總部大樓。

這裡似乎也陷入混亂，接到召集命令的職員慌忙地走來走去。

我被帶到看似會議室的地方。將近二十名職員拿著文件，奔波在辦公桌之間。

我理解到情報似乎就匯集在這裡。

我抱著不安，默默待在角落。

話說回來，究竟是誰把我叫來的？

我豎起耳朵聆聽職員口中的話語，聽似是準備要去救援。聯合國宇宙軍收到里希提亞號的請求，決定派遣緊急救援隊。

可是，等一下……

雖然是現在收到情報，但戰鬥發生的時間是八年七個月前。如今派出救援隊太遲了，原本有救的人也沒救。

不過我仔細聽他們談話，明白可能會有救援有效的情況。

里希提亞號有可能陷入無法航行的狀態，迫使生還者在里希提亞艦上或衛星阿加爾塔過著野外求生的生活；或者雖然可以航行，但亞光速引擎發生故障，無法到達太陽系。

然而不論如何，在確定情報前都無法採取行動。

直到過了半夜三點才開始整理情報。

此時，召喚我來的人似乎終於想起這回事。

「嗨，你是即將在艦隊工作的寺尾昇吧？」

對我說話的中年男子穿著黑色服裝。

我心想，他搞不好就是美加子跟我提過的代理人。

就如我想像的，他希望我加入救援隊執行勤務。

「然後呢？」

我詢問目的地，他說雖然還沒有確定，不過一定會由月球表面的營地出發，因此希望我能搭乘他們的太空梭立刻前往。

我詢問為什麼不確定目的地，他困窘地說：

「天狼星傳來的電波狀態並不穩定。雖然確定里希提亞號正以亞光速航行踏上歸途，但因為雜訊干擾，不知道他們前往的確切地點……」

我問：「可是如果在太陽系內，各衛星應該都有基地吧？」

「如果是這樣就不用擔心了，這趟派遣任務是設想到最糟糕的情況。」

這個回答讓我似懂非懂。

我又問：「不能等到下次聯絡嗎？」

「里希提亞號已經出發了，進入亞光速航行後就無法通訊。你在大學沒學過嗎？你應該是以通訊技師的身分到艦隊工作吧？」我真是自找麻煩。

連該去哪裡都不知道，真的能夠救援嗎？

總之，我必須緊急前往月球表面基地。

我像是被驅趕般坐上前往發射台的旅行車。

這時，我唯一攜帶的行李——手機——響了。

是來自長峰的信。

二〇四七年九月

里希提亞號

美加子在喧囂聲中被吵醒。

周圍很明亮，可以確定不是在德雷薩的駕駛艙內。

「啊，妳醒來了。沒關係，妳靜靜地別動。但妳沒有什麼外傷，所以想要起來當然也可以。」

在她床邊說話的是里美。

「啊，里美，妳沒事。」

美加子看著周圍。這裡似乎是里希提亞艦內的醫療室，室內排列著好幾張簡易床鋪。

「妳在說什麼夢話？我當然沒事，要不然誰去回收妳的德雷薩？」

「是嗎？我不太記得了。」

「也許是醫療人員注射的鎮定劑效果太強。不過妳確實遵守了約定，謝謝。」

美加子呆呆地問：

「約定……？」

「真是的，妳連這都忘記了？我不是叫妳沒事的話首先要聯絡我嗎？我真的很擔心。雖然在螢幕上可以掌握到妳的行動，可是妳發動特攻後，不論我怎麼呼喚都沒有回應，害我緊張死了。」

「對了，我為了節省電力，連通訊都切斷……不過，終於結束了。因為還剩下塔爾西斯人個體，我原本還很擔心。」

「我去回收的時候，妳已經失去意識，難怪什麼都不記得。多虧妳解決掉最後的大傢伙，其他的都捲起尾巴不知道跑去哪裡。總之，必須感謝妳才行。而且，光只是活下來……」

里美說到這裡咬了咬嘴唇。

「謝謝妳守護里希提亞。當時如果連里希提亞都被破壞，實在是慘不忍睹，到時候只能像魯賓遜一樣，在阿加爾塔過野外求生生活，等待地球來的救援。」

里美緊緊握住美加子的手。

「我只是想要活下來而已。有多少人生還？」

「艦隊操作人員當然只有里希提亞艦上的生還。我們把其他母艦的德雷薩駕駛員也都回收了，總共一百七十二人。包含預備機庫在內，艦上只有一百三十架德雷薩的收納空間，所以雖然可惜，但破損太嚴重的就丟棄了。當然也包括妳的愛機在內……」

約有千人的駕駛員只剩下一百七十二人。

減少幅度之大，令美加子重新體認到這場戰鬥帶來的重創。

「我們今後要怎麼辦？」

「誰知道？那是總司令要決定的事。他應該會做出判斷，暫時撤退吧。任務雖然還沒結束，可是在這樣的狀況下，不可能繼續進行探測之旅。而且如果又遇到他們，就會重複同樣的情況。下次再戰鬥，保證會全滅。」

「那麼，我們可以回去了嗎……？」

美加子心中萌生希望，聲音突然變得開朗。

里美聳聳肩說：

「大概只能這樣了。」

洛可莫夫總司令現身在選拔隊員面前，是相當罕見的情況。

說明會場選在餐廳，不過由於加入了隸屬其他母艦的德雷薩駕駛員，因此變得相當擁擠。即使所有餐桌都收走了，也擺不下讓所有人坐著的椅子，因此有許多人是站著的。

除了待在醫療室的受傷者之外，幾乎所有駕駛員都出席。

美加子也在里美的陪同下參加。在場沒有看過的臉孔比較多。各種國籍、各種人種的年輕女性，因為戰鬥的疲勞與失去眾多夥伴的悲傷，臉上全都帶著沉痛陰鬱的表情。

「首先，要為在這次戰鬥中失去寶貴生命的隊員致上衷心的哀悼，希望他們安息。」

洛可莫夫司令環顧會場，以日語開場。

「接著，要感謝參與戰鬥的全體人員勇敢的表現。人家都非常努力了。多虧各位奮鬥的結果，艦隊獲得了勝利。」

底下傳來稀疏冷淡的掌聲。

「然而艦隊付出莫大的代價。很遺憾，我們已經很難繼續進行艦隊任務。我以艦隊總司令的權限，決定要立即撤退。」

這次聽眾報以熱烈的掌聲與歡呼，餐廳充滿喧囂聲。

美加子與里美也高興地牽起手。

「傷患當中，有些人的傷勢嚴重到分秒必爭。里希提亞號會立刻返回地球，然而回程的旅途將會相當漫長。在本次戰鬥中，里希提亞號也受到損傷，雖然損傷輕微，但還是得避免會造成艦體負擔的航行方式。因此，我們將會向地球求援。我們也會充分利用救援信號抵達地球所需的八年七個月時間，盡可能航向地球。透過航法電腦的支援，確認可以到達連結天狼星與地球的直線上的錨點『天狼星線α』。『天狼星線α』距離地球二點一光年，也就是說，我們要花八年七個月航行六點五光年的距離。根據相對論效果，亞光速航法中艦上的經過時間，包含加速、減速在內大約是四年。出發時間是三小時後，艦上工作人員會立刻開始準備航行。妳們在出發前可以自由行動。那麼……」

洛可莫夫總司令只說完重要事項就匆匆離開餐廳。

二十四歲的阿昇：

我是十五歲的美加子。

你一定聽說阿加爾塔會戰的消息了吧？

我還活著。

而且非常開心。

我一直一直盼望可以回到地球，這個日子終於決定了。

當這封信寄達的時候，我會在「天狼星線α」這個錨點。

從那裡到地球的路上，一定會有救援隊來載我們。

終於可以見到你了。

見面之後，我有一件事想要直接告訴你。這是我一直想要告訴你的話。

不過，我不會寫在信裡。

里希提亞號即將出發。
二十四歲的你，不知道在哪裡做什麼？
四年的旅途當中，為了打發時間，我會每天想像二十四歲的你。
下次見面的時候，我的主觀年齡是十九歲。
到時候會變成什麼樣的女孩，就留待見面的時候揭曉。
就這樣。

現在還是十五歲的美加子

二〇五六年四月

救援艦

八年的歲月好像很短，卻又很長。

尤其是在科技的領域上。

我在念防衛大學期間，曾為了研修來過兩次宇宙軍的月球表面基地；上了研究所之後，也曾以參加研討會的教授之跟班的助理的跟班身分來過一次。我是在研究所的跟屁蟲之旅中，首次看到新型的星際宇宙戰艦。那是距今不到一年前的事。

當時，我只能從機庫牆壁上的觀光客用參觀步道俯瞰，沒辦法登艦參觀，對於自己只受到一般民眾對待而感到很不甘心。

而我現在卻能以隊員身分搭乘那艘新型宇宙戰艦，簡直就是美夢成真。所以即使面對實物時情不自禁地看得入迷，應該也沒有人會責難我吧？登艦之前的兩、三分鐘，老實說我完全把長峰的事拋在腦後。

新型星際宇宙戰艦和過去的機種相較，外觀小了一圈，但相反地內部居住空間卻擴大了。這是因為驅動系統大幅改良，得以實現小型化與高性能化。由於引擎功能提升，自律超空間引擎的跳躍距離獲得飛躍性的提升。一次空間跳躍，最多可到達三光年之遙。

另外還有一項最新技術：雖然還在開發階段，不過星際宇宙戰艦上裝載了超光速通訊系統。

我受到徵召的身分是通訊技師的輔助人員，因此大概有機會接觸到那個最新通訊系統。想到這裡，我在登艦前就興奮不已。

在出發準備完成之前，我被引介給這次一同搭乘的老鳥隊員。

搭乘這艘船艦的新手只有我和部分醫療人員，其餘隊員都是在太陽系往返數十次的老手。

等候期間，我領取了艦上服裝、內衣等身邊物品。有一位名叫漢斯．史坦納的德國通訊技師前輩，給了我附艦內介紹圖的小冊子，告訴我艦上生活的大致規範。

雖然說是去參加救援行動，我卻像是要踏上家庭旅行般，內心湧起雀躍之情。

仔細想想，我從前一晚被徵召之後就完全沒有睡，卻處於腎上腺素持續分泌的狀態，雖然昏沉沉的，但完全沒有睡意。

出發準備完成、得到登艦許可，是在當天傍晚。

離開月球表面基地一星期後，我才想起原本的目的。

新型星際宇宙戰艦航向火星軌道與木星軌道的中間區域，也就是超空間引擎跳躍無限制區。雖說是救援隊，還是得遵守安全航行的規則才行。

在這段期間，我拚命學習艦上的各種事項及被交代的工作。

由於我是隊員中最年輕的，再加上航行中沒有特別被指派工作，因此老鳥隊員都拿新加入的我來尋開心，派我去做些無關緊要的事情來取樂。

當我大致記住艦上情況、隊員與工作，老鳥也都玩膩我了，不再動不動就把我叫去，我終於可以長時間待在真正該待的地方——通訊室。

我很在意里希提亞號的情況。

通訊室是艦橋的其中一區，可以比其他部門優先取得集中到艦橋的部分情報。艦上各觀測機得到的資料也是其中一部分。我做了各種嘗試，想要設法找出確認里希提亞號目前位置的資料，也問過史坦納前輩，但很遺憾，這艘艦上並沒有搭載觀察兩光年外移動物體的高精確度觀測儀器。

他們搞不好會比預定時間更早抵達相逢地點，焦慮地等待救援——想到這裡，身為實習生、還沒有特定任務的我，不禁覺得無所事事的時間漫長到難以忍受。

消息不知怎麼走漏的，長峰的名字在老鳥隊員間傳開。

我又成為眾人開玩笑的對象。

有人糾纏我說：「既然是情人就應該有照片，拿出來吧。」我雖然反駁說我們不是那種關係，但長峰的照片還是在當天內傳遍全艦。

話說回來，既然隸屬於同一艦隊，想看她的照片自然可以輕易從電腦找出來。長峰的大頭照被列印出來，傳了一圈最後來到我手中。那應該是剛入伍時拍攝的照片，她仍穿著國中的夏季制服。

老實說，我連一張長峰普通的照片都沒有。由於她在國中畢業紀念冊編輯之前就離開了，因此沒有出現在全班合照當中。就如其他轉學生，她的照片放在同一頁的角落，只有用圓圈框起來的一小塊而已。這就是我唯一擁有的長峰大頭照。那本畢業紀念冊大概和畢業證書一起躺在老家的壁櫥或某個紙箱裡。

沒錯，進入防衛大學的學生宿舍後，我就沒有看過畢業紀念冊。

在意想不到的狀況下看到長峰的大頭照，讓我感到狼狽。

這張照片拍得很鮮明，長峰顯得有些緊張，表情僵硬。

隔了好一段時間出現在我面前的長峰，感覺稚嫩到令人心痛。

再過幾天，我就能見到活生生的長峰。

我會見到比這張照片成長幾歲的她。

看到睽違許久的長峰照片，我重新憶起漫長而沉重的九年。

出發第十天，總算到達超空間引擎跳躍的無限制區。

這是我第一次體驗超空間引擎跳躍。

對於新人的我而言，艦上的一切都是初次體驗，但是超空間引擎跳躍在其中也是特別新鮮的體驗。

空間跳躍後，立刻有工作等著我。

確認里希提亞號的目前位置，以及聯絡里希提亞號救援艦已抵達的消息。

我們立刻就找到里希提亞號。

它正朝著相逢地點「天狼星線α」，進入最終減速階段。

預定抵達日期是五天後，比原先里希提亞號訂立的航宙計畫晚了三天。

從八年七個月的整體旅程來看，這只是很小的誤差。總之，幸好沒有讓他們等候。

在預定碰面日期的三天前，總算可以和里希提亞通訊。里希提亞艦長及總司令與救援隊長之間通訊頻繁，接收準備確實地進行。

或許有點太心急了，不過我還是嘗試寫信給長峰。

既然長峰的所在位置確定了，信件應該可以寄達才對。我原本打算再忍耐幾天，突然出現在長峰面前讓她嚇一跳，可是，如果被老鳥隊員搶先洩漏我在這裡，有可能會搞砸難得的重逢。

長峰：

妳很久沒有收到我的信，現在收到一定很驚訝吧。

我收到妳寄來說決定回程的信了。

我有很多話想要跟妳說，不過還是留待見面以後再說吧。而且，我真的很久沒寫信了，自己都不知道該從何說起。

我現在二十四歲，妳是十九歲。

我不知道的是，該如何跟十九歲的妳說話。

就如妳在里希提亞號上一直想像並等待著二十四歲的我，二十四歲的我在這段短暫的時間中，也想像著十九歲的妳。

對我來說，在這將近九年的時間當中，妳的形象一直維持在十五歲的模樣，現在妳突然變成大人回來了，我當然會感到混亂。

不過，這種事並不重要。光是能夠見面，就已經像是奇蹟。要怎麼跟十九歲的長峰說話，只要在見面之後再想就好。

總之，重逢的日子接近了。

近到一定會讓妳嚇一跳。

我有祕計……寺尾昇

阿昇：

我是十九歲的美加子。

無聊的日子快要結束了。

昨天我收到你的信。

我還在里希提亞號上，為什麼能夠收到你的信？實在太不可思議了。

不過我更是感到高興。

我原本以為，二十四歲的你不會認真看待十五歲的女生、以前同學寄的信。

這九年來，謝謝你這麼有耐心地陪伴對我來說只是很短暫的十五歲日子。

或許還沒有趕上二十四歲的阿昇，可是，我這四年在里希提亞號上也有成長。

我現在十九歲。

其實我原本是要在昨天立刻回信，但因為腦中太混亂，結果沒辦法立刻寫回信。

你的信裡充滿謎團。
如果至少寫一下你現在在做什麼，或許我還比較容易想像二十四歲的你……
還有，我也不知道你說的祕計是什麼。
明天應該就會遇到救援隊。
為了準備，我也相當忙碌地在工作。
我有一個問題：你比較想要見到十五歲還是十九歲的美加子？
我很想見到二十四歲的阿昇。
遇見救援隊之後的預定計畫還未定。
我會再跟你聯絡。

腦筋混亂的十九歲美加子

二〇五六年四月

天狼星線 α

寺尾昇有些後悔。

他小覷了一百七十二人這樣的收容人數。

他原本想要戲劇性而帥氣地和長峰加美子重逢，現實卻不如他所願。

雙方艦體連結、確認出入口沒問題後，一旦開始收容，年輕女孩便以排山倒海之勢一擁而入。

她們逮住年輕的阿昇，詢問房間在哪裡、要他端出飲料來，出於好玩的心態提出各種任性要求。

收容開始後兩個小時，包括搬運傷病患在內，總算完成一百七十二名駕駛員的收容工作，但混亂的情況還沒有平息的趨勢。

由於他是新人，因此被老鳥隊員任意使喚，也不管他應該是一名通訊技師，要他帶人到空房、搬運艦上服裝、回收洗過的衣物、順便幫忙按摩之類的。

他不但沒有時間去找長峰，還只能沒頭沒腦地在艦上到處奔走，連休息時間都沒有。當然，在這樣的混亂當中，他還是一一檢視經過的女生面孔，想要尋找長峰……

有個前輩看不下去他這副模樣，請他喝自動販賣機的罐裝咖啡，要他休息一下。

阿昇接受前輩的好意，坐在設於通道的自動販賣機旁邊的長椅。

——長峰，妳在哪裡？

他露出無助的表情喝下咖啡。

原本想要瀟灑地出現在長峰面前，因此特地穿上雪白的宇宙軍制服，可是現在褲腳都皺起來，也變髒了。

他為了讓呼吸順暢，解開立領的鉤子，裝扮顯得更加邋遢。

——反正不需要焦急，她一定是在艦上的某個地方。

他又喝一口咖啡，嘆了一口氣。這時手機響了。

雖然是長峰的來信沒錯，但信件內容前所未見地短。

阿昇。
我在這裡。

想問祕計是什麼的美加子

他驚訝地抬起頭，環顧四周。

「阿昇，我在這裡。」

這是他記憶中懷念的聲音。

有位女性從走廊盡頭看著他。

她穿著護理人員的制服，朝阿昇揮揮手中的手機，緩緩走過來。

「終於見到你了，阿昇。」

長峰美加子面帶微笑。

「嗯……」

阿昇害羞到無法直視她。

「長峰，妳長高了。」

他想說些好聽的話卻想不出來，只能說出無關緊要的句子。

「我長高五公分，不過體重和三圍的增減是祕密。」

長峰雖然變了，但也沒有變。

阿昇得到這樣的印象，不禁鬆一口氣。

二〇五六年五月

階梯上

我沒有想到才剛入伍，就能配合日本的黃金週安排休假。嘗試遞出休假申請果然是正確的決定。

不過，我得從剛領到的第一份薪水中，抽出前往地球的太空梭票價，感覺有些心痛。

我已經頗為習慣艦隊勤務。話說回來，在那場救援行動後，我就沒有搭乘過新型星際宇宙戰艦。我繼續在月球表面基地研修，預定要到六月才會開始登艦勤務。

長峰和其他選拔隊員一樣，先從艦隊除役了。

關於今後的計畫，她說要回老家好好休息後再慢慢想。她也說，雖然有可能又會想要到艦隊工作，但不想要再駕駛德雷薩。洛可莫夫司令給予長峰的技術很高的評價，覺得她就此退出太可惜，因此很努力想慰留她。

從她當時穿著護理人員的制服就知道，她說如果同樣要在艦隊工作，比較想擔任護理人員。從阿加爾塔返回的途中，長峰為了打發時間，協助醫療人員與護理人員的工作。她當然沒有相關資格，不過在這四年當中，已經完全習得實務工作。

她也提到，為了取得醫療相關資格去上學或許是個好點子。

畢竟長峰雖然在戶籍上的年齡是二十四歲，主觀年齡卻是十九歲，要進行新的挑戰絕對是夠年輕的。

換個完全不相關的話題——第二次塔爾西斯探測隊還沒有開始招募隊員。

整個計畫似乎要重新檢討。

聽說是在收到參與阿加爾塔戰役的長峰報告後才變更的。

長峰在阿加爾塔看到的幻影及「託付給你們」的訊息要如何解釋……如果說只發生在長峰一人身上，或許可以當成是作夢或幻聽，但是在戰鬥開始前，有多名德雷薩駕駛員經歷相同的體驗，得到同樣的訊息。

雖然在阿加爾塔確實展開了激烈的戰鬥，但他們是否真的想要和人類作戰卻依舊是個疑問。仔細解析從頭記錄到尾的戰鬥影像，會發現塔爾西斯人方面並沒有徹底戰鬥。

塔爾西斯人或許是基於完全不同的理由與目的，試圖要接觸人類。

部分新聞工作者之間也有傳言說，當初的起點或許就是錯誤的。

當年塔爾西斯遺跡之所以爆炸，會不會是因為人類觸碰到遺跡中不可觸碰的部分，因而引起不幸的意外？塔爾西斯人出現在現場，會不會是偶然或基於完全不同的目的？

遭遇塔爾西斯人攻擊的言論，其實是想要利用這場意外遂行政治目的的勢力捏造或是扭曲的事實……

當初當然也不是沒有這樣的傳言和報導，但因為法律規定，採訪受到限制，因此無法闡明真相。現在經歷了與塔爾西斯人第二次的大規模接觸後，有越來越多的意見主張，應該重新檢視這十幾年來因應塔爾西斯人的方式是否錯誤。

經過記者們綿密而積極的採訪，漸漸取得當年相關人士支持「意外論」的證言。一切或許是主導設立營運聯合國宇宙軍、獨占塔爾西斯人科技的美國政府所安排的劇本……

如果從字面上解釋「託付給你們」這則訊息，塔爾西斯人就是在邀請人類前往遙遠的宇宙，並且接納我們成為銀河系宇宙的夥伴。可是，他們為什麼不嘗試進行友善的接觸？不，也許他們其實是友善的，只是因為我們保持頑固的態度，超乎必要地畏懼他們，結果導致不幸的相逢？

「成為大人會伴隨著痛苦……」

和塔爾西斯人接觸的過程，是否就是人類成為大人的試煉？而接觸後引發的混亂與犧牲，是否就是隨之而來的痛苦？

通過他們給予的試煉後，人類是否能夠獲得承認為宇宙等級的大人呢？

重新檢視塔爾西斯探測計畫的方向後，第二次探測隊比當初預定的規模縮小，主要目的也限定為阿加爾塔的環境調查與遺跡挖掘調查，名稱則定為較低調的「第一次阿加爾塔遺跡調查隊」。

真相還不清楚。

全世界的人類依舊生活在非常時期。

塔爾西斯人也依舊是一種威脅。

我跑上水泥階梯，腦中閃過種種情景。
長峰告訴我，她被選為選拔隊員的夏天傍晚時分。
怎麼等都等不到長峰的信、只能持續枯等的日子。
竟然甩掉比我年幼而且是美少女的女朋友的那個秋雨之日。
封閉自己的心靈、決定要成為大人的誓言……
這一切都發生在這裡，成為難忘的回憶。
經過九年的時間，我成長了九歲，長峰成長了四歲。
彼此在完全不同的環境，通過或勉強撐過不同的試煉，各自成為大人。
然後彼此的願望實現，奇蹟似地在外太空重逢。
救援艦回到月球表面基地的十天當中，我們連睡覺時間都捨不得地交談，像是要一口氣填補九年的空白。
話說回來，我們是在實習工作的空閒時間、解決了老鳥隊員提出的無理要求後，利用好不容易才獲得自由的短暫時間在艦上約會，就連要找到兩人獨處的場所也相當困難。

依舊不變的是，長峰仍舊負責說話，我專門負責聽。

一開始的兩、三分鐘，我們無法掌握和成長後的對方之間的距離，因此像外人般說些客套話，不過很快地，就自然恢復和從前一模一樣的角色分配。

我徹底當個聆聽者，像在聽美妙的音樂般，陶醉地聽著睽違九年的長峰聲音。

我們在月球表面基地道別，長峰搭太空梭回到地球，我繼續留在基地執行艦隊勤務。在緊急徵召時，我已經用光了入伍前的休假。

睽違一個月重逢，而且是在兩人出生成長的懷念故鄉，不必擔心被工作及好事者騷擾、完全自由的一天。

雖然事先指定了見面地點，不過我有些擔心那個地方是否還在。住在宿舍的六年當中，我完全沒有機會到這條街上閒晃。

不過當我爬上階梯，就看到公車站的鐵皮小屋仍舊在那裡，彷彿只為了我們而抵抗時間流逝，頑固地保留下來。

雖然它又增添六年份的風霜，幾乎已等同於廢屋。

涼爽的風吹過無人的街道。

生長在路旁的蒲公英棉絮被風吹起，飛散到天空。

我在小屋前調整步伐，緩緩窺視裡面，看到長峰坐在長椅上等我。

她穿著連身裙，戴著帽簷很寬的帽子，一身打扮令人聯想到初夏，白皙的手臂顯得很耀眼。

我是第一次看到長峰不是穿著劍道服、運動服或制服，而是便服打扮。她看起來很成熟，害我差點認不出來。

「要去哪裡？」

「我想去便利商店吃冰。」

長峰故意用孩子氣的口吻回答。

「要重溫國中生活嗎？」

「只有今天一整天。明天開始就走高中生路線……」

長峰站起來整理裙襬。

「我想要一些時間，追上二十四歲的阿昇。」

她走出小屋往前走去。

想要更多時間的是我。
我為了追上十九歲的長峰，從後方追上去。

「星之聲」傳達之前

新海誠

我是在二〇〇〇年夏天搬到現在的住處，這裡距離電車的高架軌道頗近。當時我還在遊戲公司上班，正好剛寫完《星之聲》的情節初稿。

從新房間的窗戶隔著狹窄的道路，可以看到對面大廈的窗戶。那裡似乎是國中或高中女生的房間，有時會看到經過窗前的制服身影。而那間房間通常也是對面大廈的眾多窗戶當中，最晚熄燈的房間。

看到燈亮到深夜的房間，我就回想起已經過了十年以上的學生時代。我對爸媽說「我要念書」、關上房間的門後，當然沒有打開課本，而是聽著廣播的深夜節目，讀遍外國科幻小說，思緒馳騁在浩瀚的宇宙。

在當時，憧憬、不安、寂寞之類的感覺比現在更強烈，在心中彷彿可以觸摸般鮮明。在那樣的深夜，我覺得好像能夠聽到在學校朋友、父母親身上聽不到的某種重要「聲音」。

初稿完成後過了一年的二〇〇一年夏天，我向待了五年的公司遞出辭呈，專心致力於完成《星之聲》（在此為不知情的讀者補充，我製作的原版《星之聲》是二十五分鐘的動畫）。

之所以辭去工作也要完成這個小小的故事，有幾個理由，其中一個很大的理由，就是希望這次能夠輪到自己在深夜孤獨的時間傳遞「聲音」。

二〇〇二年二月首次發表的《星之聲》動畫，很幸運地得到好評，ＤＶＤ的銷售紀錄也超乎預期，並且因此遇到各式各樣的人，還得以推出像這樣的小說。《星之聲》一開始只是純粹個人自製的作品，能夠踏上如此幸運的道路，我心中非常感謝。

此刻在寫這段文字的時候，對面房間的燈依舊亮著。我不知道《星之聲》會不會傳遞到那個房間，不過，每當我看到深夜窗戶的燈光，應該會持續盼望著「希望能將聲音傳達給某個人」。

二〇〇二年初夏

後記

大場惑

我第一次看到責任編輯給我做為資料的原著動畫《星之聲》時，為三件事情感到驚訝。

第一是壯觀的戰鬥場景和光芒四射的優美背景等高品質的作畫。第二是這部動畫作品是新海誠先生獨自一人完成的。第三則是充滿詩意的完美故事。

這部作品的背景是人類與外星人的第一次接觸，但主題是被時間與空間拆散的少年少女的心靈交流，以及他們的成長過程。至於故事情節，一言以蔽之，是一個超遠距離戀愛故事。

雖然是很徹底的科幻小說設定，但不論是誰閱讀起來都會感到親近，是因為手機這種熟悉的工具扮演了推動情節的重要角色。但是，只能傳送文字、無法傳送聲音與畫面的手機，成為比現實中的遠距離戀愛強上幾萬倍的拘束力，連結並隔開阿昇與美加子。

另一個只有觀賞影像才能令人感到貼近日常的設計，是美加子的服裝。穿著國中制服駕駛德雷薩明明是個很勉強的設定，就畫面看來卻不會覺得奇怪。不僅如此，還能直接呈現出美加子的心情。

原著的角色很少，營造出短篇特有的銳利度。不過在改寫為小說時，雖然知道會磨鈍這樣的銳利度，我還是增加了少數的周邊人物，讓故事稍微膨脹一些。在地面束手無策等待的阿昇，埋沒於日常時間的流逝中，逐漸融入平穩的人際關係（雖然他覺得這是錯誤的，試圖封閉心靈）。與之對比，飛向異世界的美加子周遭環境，則加上了完全沒有男人這種強硬的束縛。

此外，原著結尾是兩人的聲音跨越遙遠的時空交錯的精采場景，但在本書中，則利用阿昇的祕計，安排了在那之後的和緩降落。當然我也有心理準備，這種安排會被指責為畫蛇添足。

……幕後解說到此為止，希望各位讀者也能夠喜歡這本小說版《星之聲》。如果身為大人的你也能沉浸在感傷情緒中，代表在心靈一角仍舊珍藏著國中時期純粹的自己。

最後，身為一名粉絲，我期待原作者新海誠先生更進一步的活躍。

二〇〇九年十一月

輕文學
Light Literature

不論何時，我們都不是孤軍奮戰。
——只要和你一起，我會變得強大。

怪物的孩子

細田守／著　邱鍾仁／譯

除了人類世界，這個世上還存在怪物的世界。

九歲時，孤苦無依的蓮誤闖怪物界的「澀天街」，成為熊徹的徒弟。雖然這對師徒老是起衝突，但隨著修練與冒險，他們逐漸萌生情誼，彷彿真正的父子。八年的時光流逝，十七歲的蓮回到人類世界的「澀谷」，開始對自己的立場產生迷惘……

定價：NT$260/HK$78

國家圖書館出版品預行編目資料

星之聲 / 新海誠原作；大場惑作；黃涓芳譯．--
初版．-- 臺北市：臺灣角川，2017.11
面；　公分．--（角川輕．文學）

譯自：小説ほしのこえ
ISBN 978-957-8531-06-2(平裝)

861.57　　106017140

輕文學 Light Literature

星之聲

原著名＊小説　ほしのこえ

原　　作＊新海誠
作　　者＊大場惑
譯　　者＊黃涓芳

2017 年 11 月 29 日　初版第 1 刷發行
2024 年 4 月 10 日　初版第 9 刷發行

發 行 人＊台灣角川股份有限公司
總　　監＊呂慧君
總 編 輯＊蔡佩芬
主　　編＊李維莉
設計指導＊陳晞叡
美術設計＊吳佳昫
印　　務＊李明修（主任）、張加恩（主任）、張凱棋

台灣角川

發 行 所＊台灣角川股份有限公司
地　　址＊104 台北市中山區松江路 223 號 3 樓
電　　話＊（02）2515-3000
傳　　真＊（02）2515-0033
網　　址＊www.kadokawa.com.tw
劃撥帳戶＊台灣角川股份有限公司
劃撥帳號＊19487412
法律顧問＊有澤法律事務所
製　　版＊尚騰印刷事業有限公司
I S B N＊978-957-853-106-2